Abby Green

El poder

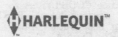

◈ HARLEQUIN™

Editado por HARLEQUIN IBÉRICA, S.A.
Núñez de Balboa, 56
28001 Madrid

© 2014 Abby Green
© 2014 Harlequin Ibérica, S.A.
El poder de la tentación, n.º 2329 - 13.8.14
Título original: When Christakos Meets His Match
Publicada originalmente por Mills & Boon®, Ltd., Londres.

I.S.B.N.: 978-84-687-4486-5
Depósito legal: M-14914-2014
Editor responsable: Luis Pugni
Impresión en Black print CPI (Barcelona)
Fecha impresion para Argentina: 9.2.15
Distribuidor exclusivo para España: LOGISTA
Distribuidor para México: CODIPLYRSA
Distribuidores para Argentina: interior, BERTRAN, S.A.C. Vélez
Sársfield, 1950. Cap. Fed./ Buenos Aires y Gran Buenos Aires,
VACCARO SÁNCHEZ y Cía, S.A.

Prólogo

ALEXIO Christakos sabía que su madre había tenido amantes durante el tiempo que estuvo casada con su padre, pero lo que no esperaba era ver aquel despliegue en su entierro. El ataúd tenía algunas flores encima y, alrededor de la tumba, había algunos hombres con los ojos humedecidos que él no había conocido en su vida.

Su padre se había marchado minutos antes con el ceño fruncido. Él tampoco podía decir nada al respecto, ya que también había tenido numerosas aventuras amorosas.

Su relación había consistido en una auténtica guerra de desgaste. Su padre, intentando a toda costa que su madre se pusiera tan celosa como él se sentía. ¿Y ella? Alexio tenía la sensación de que nunca habría conseguido sentirse feliz, a pesar de que había llevado una vida llena de lujo, rodeada de gente dispuesta a complacerla.

Era una mujer triste y melancólica, y nunca habían estado cerca emocionalmente. En ese momento, un recuerdo asaltó su memoria. Un recuerdo al que había impedido aflorar a la superficie durante mucho tiempo. Él tenía unos nueve años y le dolía la garganta del esfuerzo que había hecho para no llorar. Acababa de presenciar una gran discusión entre sus padres.

Su madre lo había pillado detrás de la puerta, y él le había preguntado:

—¿Por qué os odiáis tanto? ¿Por qué no podéis estar enamorados, tal y como se supone que deberíais estar?

Ella lo había mirado con frialdad, y la falta de emoción en su mirada lo había hecho estremecer. Después, se había agachado para estar a su altura, lo había sujetado por la barbilla y le había dicho:

—El amor no existe, Alexio. Todo es un cuento de hadas. Recuerda esto: me casé con tu padre porque podía darme lo que necesitaba. Eso es lo importante. El éxito. La seguridad. El poder. No te permitas sentir emociones. Te vuelven débil. Sobre todo el amor.

Alexio nunca olvidaría el sentimiento de vergüenza que lo invadió por dentro...

Notó que apoyaban una mano en su hombro y se volvió para mirar a Rafaele, su hermanastro, que le sonreía. Ambos compartían aquella relación conflictiva con su madre. El padre de Rafaele, un hombre de origen italiano, se había quedado destrozado después de que su madre lo abandonara tras enterarse de que había perdido toda su fortuna.

Durante años, Alexio y su hermano habían mantenido una relación basada en los celos y en las discusiones, pero cuando Rafaele se marchó de casa la relación se volvió menos problemática. A pesar de que Alexio no había sido capaz de superar la envidia que sentía hacia Rafaele por no haber tenido que soportar la atención sofocante que él había recibido de su padre. Ni la gran carga de las expectativas que tenía puestas en él. Ni tampoco su decepción por que Alexio no hubiera querido aceptar la herencia.

Se alejaron de la tumba, pensativos. Ambos tenían

una constitución parecida. Eran altos, muy atractivos y con el cabello oscuro. Y los dos habían heredado los llamativos ojos verdes de su madre, pero los de Alexio eran más claros, más dorados.

Cuando llegaron junto a los coches, Alexio decidió bromear con su hermano para tratar de calmar el sentimiento de vacío que lo invadía por dentro. Se fijó en que no se había afeitado y comentó:

—¿Ni siquiera has podido asearte para el entierro?

—Me he despertado demasiado tarde –dijo Rafaele.

Alexio sonrió una pizca.

—Increíble. Solo llevas dos días en Atenas... Ahora comprendo por qué querías quedarte en un hotel y no en mi apartamento.

Rafaele se disponía a contestar, pero Alexio se percató de que se ponía muy serio y entornaba los ojos mientras miraba a alguien que se había acercado por detrás. Se volvió para mirar, y vio que un desconocido los observaba muy serio a poca distancia. De pronto, tuvo la sensación de que lo conocía de algo. Era una locura, pero los ojos de aquel hombre eran de un verde llamativo y...

El desconocido miró un momento hacia la tumba y, después, preguntó:

—¿Hay más como nosotros?

—¿Como nosotros? ¿A qué se refiere?

El hombre miró a Rafaele.

—No lo recuerdas, ¿verdad?

Alexio vio que Rafaele empalidecía y preguntaba:

—¿Quién eres?

El hombre sonrió con frialdad.

—Soy tu hermano mayor. Tu hermanastro. Me llamo Cesar da Silva. He venido a presentar mis respetos a la mujer que me dio la vida... No porque lo mereciera.

Continuó hablando, pero Alexio no fue capaz de distinguir sus palabras. Cesar da Silva. Había oído hablar de aquel hombre. Era el propietario de un conglomerado de empresas dedicadas al sector inmobiliario y al de las finanzas.

Alexio no pudo contenerse y dijo:

—¿Qué diablos es...?

El hombre lo miró fríamente, y Alexio se fijó en el enorme parecido que tenía con ellos. Podrían ser trillizos.

Da Silva estaba diciendo:

—Tres hermanos de tres padres distintos. Sin embargo, ella no os abandonó.

El hombre dio un paso adelante, y Alexio lo imitó, sintiendo que la rabia lo invadía por dentro. Sus rostros casi se rozaron.

—No he venido aquí a pelearme contigo, hermano. No tengo nada contra vosotros.

—Solo contra nuestra difunta madre, si lo que dices es cierto.

Cesar sonrió con amargura.

—Sí, es cierto. ¡Qué lástima!

El hombre los rodeó, y Alexio y Rafaele se volvieron para ver cómo se acercaba a la tumba. Permaneció allí unos minutos y, finalmente, sacó algo de su bolsillo y lo tiró dentro de la fosa.

Al cabo de un momento, regresó junto a ellos, los miró en silencio y se dirigió a un coche que lo estaba esperando. Se subió en la parte trasera y esperó a que el chófer arrancara.

Rafaele se volvió, y Alexio lo miró sorprendido.

—¿Qué...?

—No lo sé —contestó Rafaele, negando con la cabeza.

Alexio miró hacia el espacio vacío que había dejado el vehículo y sintió que algo frío se instalaba en su vientre. Se sintió vulnerable y recordó el momento en el que había pensado que su madre permitiría que la protegiera. No había sido así. Esquiva como siempre, incluso desde la tumba, había conseguido demostrar que no se podía confiar en que una mujer contara la verdad y desvelara sus secretos. Ella siempre tenía algo que ocultar. Algo tan poderoso como para destrozar la vida de cualquiera.

Capítulo 1

Cinco meses más tarde...

—*Cara,* ¿tienes que marcharte tan pronto?

La pregunta estaba formulada con tono seductor. Alexio continuó abrochándose los botones de la camisa despacio y se volvió para mirar a la mujer que estaba en la cama. Ella tenía unas piernas esbeltas, el cabello castaño, los ojos oscuros y los labios sensuales. Además, el hecho de que no estuviera tapada con la sábana no contribuyó a que Alexio olvidara por qué la había llevado a su habitación de hotel en Milán, después del banquete de boda que su hermano Rafaele había celebrado la noche anterior.

Era una mujer despampanante. Perfecta.

Aun así, no había provocado que el deseo resurgiera en él. Y Alexio tenía que reconocer que el sexo que había compartido con ella había sido poco satisfactorio. En apariencia, no había estado mal, pero, en un nivel más profundo, lo había dejado frío. Se esforzó por mostrar el encanto por el que era famoso y sonrió.

—Lo siento, *bellissima,* tengo que regresar a París para trabajar esta misma mañana.

La mujer, cuyo nombre Alexio ni siquiera recordaba, se recostó en la cama y se desperezó de forma seductora, mostrando sus pechos retocados por la cirugía y frunciendo los labios.

–¿Tienes que marcharte ahora mismo?

Alexio continuó sonriendo y, cuando terminó de vestirse, se inclinó y la besó en la boca con delicadeza, escapándose antes de que ella pudiera rodearle el cuello con los brazos. Empezaba a sentir claustrofobia.

–Ha sido divertido, *cara...* Te llamaré.

La mujer dejó de sonreír y lo miró fijamente. Reconocía cuando la estaban rechazando y no le gustaba que sucediera, y menos cuando lo hacía un hombre tan deseado como Alexio Christakos.

Se levantó de la cama y se dirigió al baño, contrariada. Alexio puso una mueca, pero suspiró aliviado en cuanto ella desapareció dando un portazo.

Él negó con la cabeza y salió de la habitación para bajar a la recepción en el ascensor privado que había para los clientes VIP. «Mujeres». Las adoraba, pero desde la distancia. En su cama, cuando le parecía conveniente y, fuera de ella, durante el tiempo que le apetecía mimarlas, que no solía ser mucho.

Después de haber pasado muchos años presenciando el frío comportamiento de su madre hacia su padre, que había permanecido cautivo por su belleza y su carácter esquivo, Alexio había desarrollado un agudo instinto de autoprotección cuando se relacionaba con mujeres. Solía tratarlas de manera fría y distante porque era a lo que estaba acostumbrado y prefería que fuera así.

Su padre, muy afectado por la distante relación que mantenía con su esposa, se había volcado en su hijo y lo había convertido en el centro del universo. Había sido demasiado. Desde muy pequeño, a Alexio le había molestado el sentimiento de claustrofobia que le generaba la excesiva atención que le prestaba su padre y, de mayor, cuando alguien se mostraba excesivamente emocional o esperaba demasiado de él, se volvía introvertido. Y sobre todo si era una mujer.

Las aventuras cortas eran su especialidad. Asistir a la boda de su hermanastro el día anterior había provocado que se cuestionara cosas sobre su propio destino, pero Alexio, a los treinta años, todavía no sentía la necesidad de tener estabilidad en su vida.

Imaginaba que en algún momento tendría una esposa e hijos, pero no en un futuro cercano. Cuando llegara el momento, su esposa sería perfecta. Bella, complaciente y poco exigente en cuanto a las emociones de Alexio. Desde luego, Alexio no caería en la misma trampa que su padre, que sufrió toda la vida por desear a una mujer que no lo deseaba. Desde que era muy pequeño, había aprendido lo que el amor podía conllevar.

Pensó en el hecho de que su hermanastro mayor hubiera aparecido en el entierro de su madre y en todos los sentimientos que había experimentado ese día: asombro, rabia, dolor y traición.

Acostumbrado a bloquear las emociones, Alexio había relegado el incidente a lo más profundo de su mente. No había buscado a Cesar da Silva, y tampoco le había vuelto a hablar de él a Rafaele, ni siquiera aunque sabía que Rafaele lo había invitado a la boda. Por supuesto, tal y como era previsible, Cesar no había asistido al evento.

Los sentimientos eran impredecibles. Rafaele era una prueba de ello. Su vida acababa de cambiar por completo a causa de una mujer que le había ocultado a su hijo durante cuatro años. Sin embargo, dos meses después de reencontrarse con ella, se habían casado y parecían muy enamorados, como si hubiese olvidado la lección que su padre le había enseñado acerca de la naturaleza caprichosa de las mujeres.

Alexio opinaba que, aunque parecía que Rafaele estaba feliz, su hermano había sido engañado por su nueva esposa. ¿Cómo no iba a querer casarse con Rafaele Falcone, el magnate de la industria automovilística que poseía una gran fortuna? ¿Y más cuando tenía a un hijo que mantener?

No, Alexio iba a mantenerse alejado de semejante escenario y nunca permitiría que lo atraparan como a su hermano. Nunca podría perdonar a una mujer que le ocultara a su hijo. Sin embargo, su hermano, con el que siempre había compartido la misma filosofía, había caído en la trampa...

Alexio apretó los labios e intentó no pensar más en ellos. Se puso unas gafas de sol y esperó a que el chófer detuviera el vehículo frente a la puerta principal del hotel, obviando cómo un grupo de mujeres lo miraba de arriba abajo antes de entrar.

En cuanto el coche se alejó, Alexio se concentró en su siguiente objetivo, olvidando las reflexiones que le había provocado la boda de su hermano y la insatisfactoria aventura que había compartido con la última compañera de cama.

Sidonie Fitzgerald se abrochó el cinturón del avión y respiró hondo, tratando de disipar la tensión que se había concentrado en su vientre. Por una vez, su temor a volar estaba eclipsado por algo más, pero Sidonie ni siquiera podía disfrutar de ello.

Solo podía pensar en su querida *tante* Josephine y en las palabras que había pronunciado con voz temblorosa:

–Sidonie, ¿qué significa todo esto? ¿Me quitarán la casa? Y todas esas facturas... ¿De dónde han salido?

La tía de Sidonie tenía cincuenta y cuatro años y había pasado toda la vida encerrada en un mundo lleno de inocencia. Durante el parto, había sufrido falta de oxígeno, y eso le había provocado daños cerebrales leves. Siempre había funcionado a un ritmo más lento que el resto, pero había conseguido terminar los estudios y encontrar un trabajo en el supermercado de la esquina de la calle donde vivía. Trabajaba allí desde hacía años y así conseguía su preciada independencia.

Sidonie frunció los labios. Siempre había querido a su madre, una mujer egoísta y centrada en sí misma que había fallecido un par de meses atrás, pero ¿cómo podía haberle hecho algo así a su hermana pequeña?

Sidonie experimentó, de nuevo, el sentimiento de vergüenza que le provocaba la manera de comportarse que había tenido su madre.

Su padre había fallecido unos años atrás y, desde entonces, se habían quedado sin nada y eso les había destrozado la vida. Sidonie se había visto obligada a dejar la universidad en el último año de carrera con el fin de buscar un trabajo y ahorrar para poder terminar los estudios.

También habían tenido que mudarse a París para vivir con su tía Josephine y evitar quedarse sin casa, o, peor aún, tener que buscar un trabajo. Cecile, su madre, estaba acostumbrada a tener una vida confortable, relativamente lujosa y segura, gracias a los esfuerzos que su marido había hecho con tal de mantener a su esposa feliz.

Al parecer, la madre de Sidonie había animado a su hermana para que hipotecara el apartamento que su esposo le había comprado para garantizar el bienestar de su cuñada. Cecile había aprovechado la situación para convencer a *tante* Josephine para que rehipotecara la casa y, después, se había gastado una pequeña fortuna utilizando las tarjetas de crédito que estaban a nombre de las dos. De pronto, por ser la única hermana que quedaba con vida, *tante* Josephine había tenido que responsabilizarse de las deudas astronómicas que había dejado Cecile.

Sidonie había tenido que buscar la manera de ayudar a su tía y, para empezar, se había hecho cargo de todas las deudas. Desde muy pequeña, había aprendido a encubrir los actos de su madre.

Sidonie estaba pensando incluso en mudarse a París para ayudar a su tía. Era una mujer joven y, probablemente, podría encontrar un trabajo, aunque fuera de poca categoría.

Además, justo antes de viajar a París para reunirse con un abogado que la aconsejara sobre la situación de su tía, había perdido su trabajo de camarera en Dublín. El jefe del restaurante le había explicado que, como tantos otros negocios, se habían ido a la quiebra. Ese día, Sidonie volaba de regreso a Dublín para terminar de zanjar lo que tenía pendiente y recoger la fianza que le debían por dejar el apartamento en el que vivía.

Al recordar que su madre, siempre había pensado en sí misma, y no había tenido en cuenta cómo podían afectar sus actos a los demás, cerró los puños.

—Este es su asiento, señor.

—Gracias.

Sidonie levantó la vista al oír que conversaban sobre su cabeza. Al ver a un hombre, pestañeó varias veces. Era alto y fuerte. Estaba guardando su abrigo en el compartimento superior y, al moverse, se notaba la musculatura de su cuerpo bajo la chaqueta de seda. Sidonie se percató de que la azafata estaba mirándolo fijamente y que no se movía de su lado.

—Ya puedo yo —dijo el hombre en inglés, pero con un marcado acento extranjero—. Gracias.

La azafata se volvió decepcionada. El hombre se quitó la chaqueta, y Sidonie se percató de que lo estaba mirando embobada, igual que había hecho la azafata. Rápidamente, giró la cabeza y miró por la ventanilla para observar a los empleados que estaban en la pista preparando el despegue.

La imagen de aquel hombre quedó grabada en su cerebro. Notó que se sentaba a su lado y tuvo la sensación de que su aroma masculino consumía todo el oxígeno que había a su alrededor.

Sin duda era el hombre más atractivo que había visto nunca. Tenía la tez de color aceituna, los pómulos y el mentón prominentes. El cabello corto y oscuro. Y la boca tremendamente masculina. Pura sexualidad. El tipo de hombre que nunca habría imaginado encontrar en un asiento de clase turista.

—Perdone —dijo él, en ese momento.

Su voz era tan grave que ella sintió que retumbaba en la base de su estómago. Tragó saliva y se amonestó en silencio por ser tan ridícula. Volvió la cabeza y sintió que se le detenía el corazón. Sus rostros estaban muy cerca. Él era muy atractivo. Su cara le resultaba familiar y se preguntaba si no sería un modelo famoso. ¿O un actor de cine francés?

Sidonie tenía la sensación de que le estaba sucediendo algo extraño. Le entraron ganas de reír, pero se contuvo.

Él arqueó la ceja y la miró. Tenía unos ojos verdes impresionantes. Verdes y dorados. Como los de un león. Ella también tenía los ojos verdes, pero más azulados.

—Creo que está sentada en mi cinturón.

Ella tardó unos segundos en reaccionar.

–Lo siento... Perdone... Debe de estar por aquí debajo –comenzó a retorcerse en el asiento.

–Quédese quieta y yo lo buscaré –dijo el hombre con tono irritado.

Sidonie cerró los ojos, se agarró al respaldo del asiento delantero y se incorporó una pizca mientras el hombre agarraba su cinturón y se lo abrochaba.

Sidonie se sentó de nuevo y se abrochó el suyo.

–Lo siento. Yo... –dijo sin mirar al hombre.

–Está bien. No se preocupe –la interrumpió él.

Sidonie notó que se le formaba un nudo en el estómago. ¿Por qué tenía que ser tan cortante? De pronto, recordó que llevaba el cabello recogido en un moño descuidado, que no se había maquillado y que llevaba unos pantalones vaqueros muy desgastados. No podía creer que la presencia de un hombre hubiera provocado que fuera tan consciente de su aspecto. Respiró hondo y miró hacia delante con decisión. De reojo, observó que él abría un ordenador portátil y se fijó en sus manos grandes y fuertes. Sintió que se le aceleraba el corazón.

Momentos después, él estiró el brazo y presionó el botón para llamar a la azafata.

–¿Sí, señor?

Sidonie oyó que él hablaba con tono enfadado.

–¿Cuál es el motivo por el que todavía no hemos despegado?

Sidonie miró a la azafata y vio que parecía avergonzada.

–No estoy segura, señor. Iré a averiguarlo –se marchó de nuevo.

Sidonie resopló. Incluso la azafata lo trataba como si fuera alguien importante

Él la miró y le preguntó:

—Disculpe... ¿Ha dicho algo?

Ella se encogió de hombros.

—Estoy segura de que estamos esperando a que nos toque el turno para el despegue.

Él la miró fijamente.

—¿De veras? ¿Y qué pasa si resulta que tengo que asistir a una reunión importante en Londres?

Sidonie notó que la rabia la invadía por dentro al ver su arrogancia. Se cruzó de brazos y dijo en voz baja:

—Por si no se ha dado cuenta, en este avión hay unas doscientas personas. Estoy segura de que más de una tiene que asistir a una reunión, y no veo que se estén quejando.

Él la fulminó con la mirada, y ella sintió que se le cortaba la respiración.

—Hay doscientas diez personas exactamente, y estoy seguro de que muchas otras tendrán citas importantes... Eso hace que mi pregunta sea todavía más acertada.

Sidonie no reparó en el hecho de que él supiera cuántos pasajeros iban en el avión, pero sí en la manera en que la había mirado de arriba abajo.

—Para su información —dijo ella—. Tengo que tomar un vuelo desde Londres a Dublín y no me gustaría llegar tarde, pero así es la vida, ¿no?

Él la miró otra vez.

—Me preguntaba de dónde era su acento. Estaba intrigado.

Sidonie no estaba segura de si era un cumplido o no, y permaneció callada. En ese momento, un hombre uniformado se acercó a ellos, carraspeó y dijo:

—Señor Christakos, disculpe por el retraso. Me temo

que no depende de nosotros –comentó el piloto–. Hay muchos aviones esperando para el despegue. No debería llevarnos mucho más tiempo, pero podemos prepararle su jet privado si lo prefiere.

–No, esperaré, Pierre. Gracias por pensar en esa posibilidad.

El piloto inclinó la cabeza a modo de despedida y se marchó. Sidonie se había quedado boquiabierta, pero giró la cabeza rápidamente para mirar por la ventana. Cerca de su avión, había otro con el logotipo de Christakos y una cita de un filósofo griego impresa en un lateral. Todos los aviones de Alexio Christakos portaban citas.

«Alexio Christakos», pensó ella con incredulidad. El hombre que estaba a su lado, hablando por teléfono, no podía ser el propietario de Christakos Freight and Travel. Ese hombre era una leyenda. Y no podía estar sentado a su lado, en los estrechos asientos de la clase turista.

Lo habían presentado como caso de estudio en una de sus asignaturas de la universidad. Había alcanzado el éxito cuando era muy joven, y había salido en los periódicos por rechazar la herencia de su padre y continuar con su camino sin dar explicación alguna acerca de sus motivos.

A base de esfuerzo, había conseguido crear una compañía de transporte y, tras venderla dos años después, había ganado una fortuna. Invirtió ese dinero en crear una compañía aérea y, cinco años más tarde, consiguió superar a las mejores aerolíneas de Europa.

También era uno de los solteros más cotizados de Europa, incluso del mundo. Después de haber analizado sus estrategias empresariales, las compañeras de Sidonie habían estado semanas hablando sobre aquel hombre y contemplando las fotografías que salían en las revistas. De pronto, Sidonie comprendió por qué le había resultado familiar y descubrió que no solo era el hombre atractivo que había visto en las fotografías, sino que era pura masculinidad. Estaba inquieta y deseó cambiarse de asiento. No estaba acostumbrada a que alguien tuviera ese efecto sobre ella.

La mujer que estaba sentada junto a Alexio empezó a moverse con nerviosismo. Él tuvo que contenerse para no posarle la mano sobre el muslo, con el fin de que se quedara quieta. Estaba claro que era una mujer nerviosa, a juzgar por cómo había reaccionado cuando descubrió que estaba sentada sobre su cinturón de seguridad.

A Alexio le molestaba haberse fijado en ella. Y también tener que estar tan cerca de otra persona después de haber pasado muchos años viajando en avión privado, pero si no fuese un hombre tan meticuloso y controlador...

Por teléfono, su secretaria lo estaba informando de la agenda que tenía en Londres, pero Alexio estaba pendiente del trozo de piel que asomaba por el roto que ella tenía a la altura de la rodilla de su pantalón vaquero. ¿Podía ser más desaliñada?

Alexio no solía fijarse en las mujeres que no vestían como mujeres. Al fin y al cabo, su madre había sido una de las modelos más importantes del mundo y siempre había ido bien arreglada. Al percatarse de que otra vez estaba pensando en ella, frunció el ceño.

Puesto que no estaba escuchando ni una palabra de lo que le decía su secretaria, terminó la conversación con brusquedad. La mujer que estaba a su lado se quedó quieta, y él notó que se ponía tenso. En esos momentos, podía haber estado en su jet privado, sin embargo, se había negado cuando se lo ofrecieron. Era algo inusual en él. No obstante, algo había provocado que dijera que no. Algo en su interior.

Se fijó en que la mujer tenía una bolsa grande sobre el regazo y que sacaba cosas del bolsillo del asiento delantero para guardarlas de forma desordenada. Otro punto en su contra. Alexio era un fanático del orden. Ella se había puesto las gafas en la cabeza, y él se fijó en su cabello.

Era ligeramente rojizo. Un color curioso. Parecía que lo tenía ondulado, y él no pudo evitar preguntarse cómo lo tendría de largo cuando se soltara el moño.

Una fuerte tensión se instaló en su entrepierna. La mujer tenía el rostro ovalado y la tez pálida. La nariz, pequeña y con algunas pecas. Hacía mucho tiempo que no estaba cerca de una mujer sin maquillar y le resultaba extraño. Como demasiado íntimo.

Sus manos eran pequeñas y hábiles. De pronto, Alexio sintió que el deseo se apoderaba de él, y no pudo evitar imaginar cómo sería si ella lo acariciara. Las imágenes eran tan ardientes que a Alexio le costaba respirar.

Cuando la chica terminó de guardar sus pertenencias en el bolso, se quitó las gafas de la cabeza y las guardó también.

Al parecer, se había dado cuenta de que él la había estado observando porque tenía las mejillas sonrojadas. Y eso lo sorprendió. ¿Cuándo había sido la última vez que había visto sonrojarse a una mujer?

Alexio se echó una pizca para atrás y se fijó en que, de perfil, sus labios parecían suaves y carnosos. Tentadores.

–¿Se va a algún sitio? –preguntó él.

La mujer respiró hondo y su pecho se movió bajo el jersey amplio que llevaba. Él la miró de reojo y, de pronto, sintió unas ganas tremendas de ver su cuerpo. Se preguntó cómo serían sus pechos, y su deseo se hizo más intenso. Acababa de dejar a una mujer en la habitación del hotel, ¿qué le sucedía?

Se miraron a los ojos. Alexio suspiró. Sin las gafas de montura negra, aquella mujer tenía unos ojos impresionantes, almendrados y de color aguamarina. Como el mar que rodeaba las islas griegas. Sus largas pestañas negras contrastaban con su tez pálida, y sus cejas tenían el mismo tono que su cabello.

Ella parecía decidida. Agarró el bolso y, evitando mirarlo a los ojos, dijo:

–Voy a cambiarme de sitio.

Alexio frunció el ceño.

–¿Y por qué diablos quiere cambiarse de sitio?

Eso sí que era una novedad, ¡una mujer tratando de alejarse de su lado!

La mujer abrió la boca para contestar, y él vio que tenía un hueco entre los dos dientes delanteros. De pronto, tuvo la sensación de que podría quedarse mirándola durante horas.

Ella se sonrojó todavía más.

–Bueno, es evidente que es... Ya sabe... –lo miró angustiada.

Él arqueó una ceja.

–¿Qué soy? –dijo Alexio, conteniéndose para no acariciarle las mejillas con el fin de comprobar si las tenía tan calientes como parecía.

–Es evidente quién es usted, y que tiene cosas que hacer, llamadas y... Necesita espacio.

Alexio notó que se le formaba un nudo en el estómago y entornó los ojos. Por supuesto. Ella había oído la conversación con el piloto y había deducido quién era él. Sin embargo, cuando la gente se enteraba de quién era él hacía justo lo contrario e intentaba permanecer a su lado.

—Tengo todo el espacio que necesito. No es necesario que se vaya a ningún sitio. Me ofenderá si se marcha.

Sidonie tuvo que hacer un esfuerzo para tranquilizarse. ¿Qué diablos le estaba sucediendo? ¿Y qué importaba que aquel hombre fuera Alexio Christakos, uno de los empresarios más poderosos del momento? ¿Y qué si era el hombre más atractivo que había visto nunca? El vuelo no duraba más de una hora. Podría manejar cualquier cosa durante ese tiempo. Incluso permanecer al lado de Alexio Christakos.

—Está bien. Pensé que le gustaría tener un poco más de espacio. Físicamente. No es exactamente... —Sidonie se mordió el labio y apartó la mirada de su rostro.

—¿No soy exactamente qué?

—Sabe muy bien a qué me refiero... —gesticuló con la mano hacia su cuerpo—. No está hecho para viajar en clase turista.

A Sidonie le pareció escuchar un resoplido, pero prefirió no mirar, y se agachó para colocar la bolsa bajó el asiento delantero. Después, se acomodó y se cruzó de brazos, antes de mirarlo y comprobar que él la observaba con una pequeña sonrisa. Le preguntó en tono casi acusador:

—¿Y, en cualquier caso, por qué está aquí? Al parecer, podría estar en un jet privado, en lugar de estar esperando aquí como todos nosotros.

Su mirada era inquietante.

—Es una inspección sorpresa. Me gusta hacerlas de vez en cuando para asegurarme de que todo funciona como es debido.

—Ah, es verdad. He leído sobre ello.

Él frunció el ceño, y ella se lo aclaró.

—En la universidad, lo pusieron como caso de estudio en una asignatura.

Él no pareció sorprenderse.

—¿Y qué más estudió en la universidad?

Avergonzada, Sidonie admitió:

—Técnicamente, sigo en la universidad... Debido a motivos personales, tuve que dejar los estudios hace poco más de un año, antes de empezar el último curso. Estoy ahorrando dinero para tratar de finalizarlos...

—¿Qué sucedió?

Sidonie lo miró un instante.

—Yo... Bueno, mi padre perdió su empresa de construcción cuando estalló la crisis inmobiliaria en Irlanda. Durante un tiempo, luchó para no perderla, pero no sirvió de nada. Solo consiguió endeudarse. Murió poco después. No quedó nada, ni la casa, ni el negocio... Yo pude pagar una parte de los estudios, pero, después, se acabó el dinero. Tuve que dejarlos y empezar a trabajar.

Sidonie se sentía incómoda bajo su mirada.

—¿Y por qué estaba en París?

Sidonie arqueó una ceja.

—¿Qué es esto? ¿Un interrogatorio? ¿Qué estaba usted haciendo en París?

Alexio se cruzó de brazos, y Sidonie sintió un nudo en el estómago al ver la silueta de sus músculos bajo la tela de su camisa de seda. Tragó saliva y lo miró de nuevo.

–Ayer asistí a la boda de mi hermano en Milán –dijo él–. Esta mañana he volado a París para tomar este vuelo y poder hacer la inspección durante mi regreso a Londres.

–¿No le preocupa perderse la reunión?

Alexio sonrió, y a Sidonie se le entrecortó la respiración.

–No es lo ideal, pero me esperarán.

«Por supuesto», pensó ella. ¿Quién no esperaría a aquel hombre?

–Y, ahora, ¿podría contarme por qué estaba en París?

Sidonie lo miró, y pensó en su madre y en su *tante* Josephine.

–He venido para hablar con un abogado y que se encargue de los asuntos de mi madre. Ella falleció en París hace un par de meses. Había estado viviendo con mi tía, aunque era originaria de aquí. Regresó después de que mi padre falleciera.

–Debió de ser muy duro perder a ambos en un corto periodo de tiempo. Yo también perdí a mi madre hace cinco meses.

Sidonie experimentó una presión en el pecho.

–Lo siento... Es duro, ¿verdad?

–He de admitir que no estábamos muy unidos, pero sí, ha sido un shock.

–Yo sí quería a mi madre, y sé que ella me quería, pero tampoco estábamos muy unidas. Era muy egocéntrica.

De pronto, el avión comenzó a moverse y Sidonie se agarró a los brazos del asiento antes de mirar por la ventana.

–Cielos, nos movemos.

–Eso es lo que hace un avión antes de despegar.

–Muy gracioso –murmuró Sidonie, y se concentró para enfrentarse a su temor a volar.

–¿Se encuentra bien? Tiene muy mal aspecto.

–No –contestó ella con los ojos cerrados–. No estoy bien, pero lo estaré si me deja tranquila. Ignóreme.

–¿Tiene miedo a volar y va a tomar dos vuelos para llegar a Dublín? ¿Por qué no ha tomado un vuelo directo?

–Porque era más barato de este modo y, además, los vuelos directos estaban llenos. Ha sido un viaje de última hora.

Sidonie cerró la boca al sentir una náusea y se estremeció, tratando de no pensar en el desayuno que había tomado antes de marcharse.

El avión se movía cada vez más rápido. Esa parte era la peor, junto con el despegue y el aterrizaje. Y también durante el vuelo, si había turbulencias.

–¿Sucedió algo alguna vez que la asustara?

–¿Cómo? ¿Quiere decir aparte del hecho de estar lejísimos del suelo, rodeada por un poco de hojalata y fibra de vidrio? O de lo que estén hechos los aviones...

–Básicamente, están hechos de aluminio, aunque a veces se emplea una aleación de metales. Ahora se está investigando sobre la fibra de carbón. Mi hermano es diseñador y fabricante de coches, así que estamos investigando juntos acerca de las nuevas tecnologías.

Sidonie miró a Alexio de reojo.

–¿Por qué me cuenta todo esto?

–Porque su temor es irracional. ¿Sabe que el transporte aéreo es la manera de viajar más segura que hay?

Sidonie abrió los ojos e intentó evitar mirar hacia fuera del avión. Miró a Alexio, pero no le sirvió de mucho.

–Supongo que la probabilidad de que se caiga un avión cuando su dueño va dentro no es muy alta.

–¿Lo ve? –él se inclinó hacia ella, provocando que se le acelerara el pulso–. ¿Y sabe que de todas las plazas del avión estas son las más seguras en caso de accidente?

–¿De veras?

Vio que él la miraba divertido y cerró los ojos otra vez.

–Muy gracioso –le dijo.

Entonces, el avión se movió con brusquedad y Sidonie agarró con fuerza los reposabrazos. Oyó un fuerte suspiro a su lado y notó que una mano grande cubría la suya. Al instante, se le entrecortó la respiración.

–¿Qué hace? –preguntó ella.

–Si le parece bien, preferiría que me maltratara a mí en lugar de a mis reposabrazos.

Sidonie abrió los ojos y miró hacia la izquierda. Alexio la miraba fijamente, pero esbozaba una pícara sonrisa.

«Madre mía», pensó ella.

–Me temo que sus reposabrazos no se deformarán por mucho que lo intente.

–No importa –contestó Alexio–. No permitiré que se comente que no pude ofrecer apoyo a una clienta cuando más lo necesitaba.

Capítulo 2

S IDONIE sintió que una ola de calor la invadía por dentro. Él estaba coqueteando con ella. Era un hombre tremendamente atractivo y encantador, y ella no era una mujer para un hombre así.

Retiró la mano y forzó una sonrisa.

–Estaré bien, pero gracias.

Él la miró un instante, sorprendido. Ella entrelazó las manos sobre el regazo, cerró los ojos e hizo todo lo posible para no demostrar su temor al hombre que tenía al lado.

En más de una ocasión, deseó que él la hubiera agarrado de la mano otra vez.

–Ya puedes abrir los ojos. Está a punto de apagarse la señal que indica que hay que llevar el cinturón de seguridad.

Sidonie respiró hondo, abrió los ojos y separó las manos. Alexio la estaba mirando, y ella tenía la sensación de que no había dejado de hacerlo.

Él le tendió la mano y dijo:

–Sé que usted ya sabe quién soy yo, pero yo no sé quién es usted...

No estaba dispuesto a retirarse. Sidonie sintió mariposas en el estómago otra vez. No podía ignorarlo. Le estrechó la mano y sonrió con timidez.

–Sidonie Fitzgerald, encantada de conocerlo.

Él le estrechó la mano, y ella sintió que una corriente eléctrica recorría su cuerpo.

–Sidonie... –murmuró él–. Parece un nombre francés.

–Lo es. Mi madre lo eligió. Ya le dije que era francesa.

–Es cierto... Me lo dijiste.

Él seguía sujetándole la mano, y Sidonie estaba cada vez más acalorada.

–¿Han subido la calefacción?

–Desde luego, pareces acalorada. Quizá deberías quitarte la sudadera –le soltó la mano.

–Estaré bien... –repuso ella. No tenía intención de quitarse más ropa delante de ese hombre.

Fue entonces cuando recordó la conversación que habían mantenido. El hecho de que ambos hubieran perdido a sus madres poco tiempo atrás. La sensación de complicidad que había experimentado al enterarse. Miró a otro lado y abrió su libro. Al cabo de un rato, se volvió de nuevo hacia Alexio. Él tenía la cabeza echada hacia atrás y los ojos cerrados y, durante un momento, ella se sintió desanimada.

Entonces, se dio cuenta de que podía observarlo tranquilamente. Tenía un perfil aristocrático, largas pestañas y facciones muy marcadas.

Su mentón estaba recubierto por una fina capa de barba incipiente. Un ardiente deseo se instaló en su entrepierna, pillándola por sorpresa. Nunca había experimentado un deseo tan intenso. En la universidad, había tenido un par de novios y se había acostado con ellos, pero todo había sido un poco aburrido. Demasiado bombo para tan poca cosa. Incluso le había parecido un poco bochornoso. Sin duda, los chicos lo habían disfrutado más que ella.

Sin embargo, imaginaba que aquel hombre sabía exactamente lo que debía hacer para que una mujer se sintiera especial. Sobre todo con aquella boca sensual. Sidonie apretó los muslos para tratar de calmar su deseo.

—Es de mala educación quedarse mirando a la gente.

Sidonie se echó para atrás rápidamente. Tenía las mejillas sonrosadas. Él había abierto un ojo y la miraba fijamente.

—¿Cómo se ha dado cuenta?

Él se inclinó hacia delante, de forma que estuvo a punto de rozar el muslo de Sidonie con la cabeza. Ella experimentó un intenso calor en la entrepierna.

Después, él se enderezó de nuevo con el libro en la mano. Miró el título de la portada y se lo devolvió a Sidonie.

—¿*Técnicas para analizar estructuras empresariales*? Estoy seguro de que eso duerme a cualquiera.

Sidonie frunció el ceño y le quitó el libro de la mano.

—Intento mantenerme al día con mis asignaturas para que cuando regrese no tenga la sensación de que se me ha olvidado todo.

Alexio asintió y añadió:

—Admirable.

Sidonie se puso a la defensiva sin saber muy bien por qué.

—Algunos tenemos que estudiar. No todo el mundo tiene la capacidad innata o el apoyo para montar un negocio con éxito.

Él se puso serio y contestó:

—Yo no tuve ningún apoyo. ¿O es que eso no se mencionó en tu caso de estudio?

Sidonie se sonrojó y bajó la mirada.

–No era mi intención decirlo así... Todo el mundo sabe que rechazó su herencia... Sin embargo, no puede negar que su pasado ayudó a que confiara más que el resto de los mortales en que su proyecto tendría éxito.

–Tiene razón –admitió él–. Después de todo, de pequeño me empapé de los conocimientos empresariales de mi padre y recibí la mejor educación que se puede pagar con dinero... Mi hermano también es un empresario de éxito, así que también he aprendido de él.

Sidonie deseaba preguntarle por qué había rechazado la herencia, pero, en ese momento, apareció la azafata con el carro de bebidas y se dirigió a Alexio con una sonrisa. Sidonie se sorprendió al experimentar un extraño sentimiento de posesión. De pronto, se sintió agobiada y muy acalorada. Mientras Alexio pedía un café a la azafata, Sidonie se quitó la sudadera. Cuando terminó, se dio cuenta de que ambos la estaban mirando.

–¿Qué...? –preguntó mirando a Alexio y después a la azafata.

–¿Le apetece un café o un té, señora?

Sidonie contestó en un francés fluido que le apetecía una taza de té y bajó la mesa para dejar la taza que le sirvió la azafata.

Alexio pagó por las bebidas antes de que ella pudiera sacar el dinero.

–Gracias –comentó Sidonie–. No era necesario.

–De nada... Es un placer para mí.

Sidonie no pudo evitar imaginar cómo podría convertirse en un verdadero placer para él, y para intentar no pensar en ello, le preguntó:

–¿Y de qué sirve hacer una inspección sorpresa si todo el mundo sabe quién es?

Él arqueó una ceja y bebió un sorbo de café.

–Bueno, ya sabe a qué me refiero. Evidentemente, esa azafata estaba haciendo todo lo posible por impresionarlo.

–Cierto –admitió él, y dejó la taza–. Yo nunca informo de cuándo voy a venir, y no solo me interesa la actitud de los empleados... Es todo. Así puedo escuchar los comentarios que hacen los pasajeros.

Sidonie frunció el ceño.

–¿Y no tiene personal que haga este tipo de trabajo para usted?

Alexio se encogió de hombros.

–Hoy tengo que viajar a Londres, ¿por qué no voy a utilizar uno de mis vuelos comerciales? Si espero que otras personas lo hagan, yo también debo hacerlo. Además, soy responsable e intento reducir mi huella de carbono.

–Es una postura inteligente. Si alguien lo critica, puede decir que sabe muy bien lo que es viajar en clase turista. Así el cliente siente que es como ellos.

Él sonrió.

–Eso también. Veo que es una buena estudiante. Es una lástima que tuviera que dejarlo.

Sidonie miró a otro lado al ver que él la miraba fijamente. Era como si Alexio pudiera adentrarse en un lugar secreto de sí misma que ni siquiera ella conocía.

–Entonces, su madre era francesa, ¿y su padre?

–¿Volvemos al interrogatorio?

Ella se apoyó en el respaldo y trató de no pensar en el poco espacio que tenía. Sus codos se rozaban cada vez que ellos se movían. Y, si ella movía las piernas una pizca hacia él, sus muslos entrarían en contacto.

–Mi padre era irlandés. Mi madre fue a Dublín hace muchos años, conoció a mi padre y se casó con él.

Sidonie apartó la mirada temiendo que él descubriera que se sentía avergonzada. En realidad, no habían sucedido así las cosas, pero casi. Él no tenía por qué enterarse de los oscuros secretos de la relación de sus padres ni de sus orígenes.

–¿Y los suyos?

–Mi madre era española y mi padre griego. Aunque supongo que eso ya lo sabías.

–No me acordaba de que su madre era española...

–Imagino que habla francés por su madre.

Sidonie asintió y bebió otro sorbo de té.

–Ella me hablaba todo el rato en francés, y mi padre la animaba a que lo hiciera. Él sabía que en algún momento me sería útil.

–¿Estaba unida a su padre?

Ella asintió.

–¿Por qué lo pregunta?

Alexio estiró la mano y acarició la mejilla de Sidonie.

–Porque al hablar de él su expresión se hizo más dulce.

Sidonie se tocó la mejilla que él le había acariciado y se sintió avergonzada. Agachó la cabeza y contestó:

–Lo quería. Era un hombre maravilloso.

–Es afortunada... Mi padre y yo no pensamos igual.

Sidonie lo miró y soltó una risita.

–Estoy segura de que debe de ser uno de los padres más orgullosos del mundo.

Alexio sonrió con tristeza.

–Ah, pero mi éxito no se debe a él. Luché por mis intereses y él nunca me lo ha perdonado.

En ese momento, apareció otra azafata para recoger la basura e interrumpió su conversación.

Alexio se percató de lo que estaba haciendo. ¿Por qué le estaba contando su vida a una desconocida? ¿Solo porque lo había cautivado con sus ojos bonitos, su tez pálida y su silueta esbelta?

Cuando la azafata se marchó, Alexio vio que Sidonie se estaba desabrochando el cinturón.

–Tengo que ir al lavabo, por favor.

Él se desabrochó el cinturón y se puso en pie. A propósito, se quedó junto a los asientos para que ella lo rozara al pasar. Ella intentó no tocarlo pero no pudo evitar rozarle el muslo con la cadera, provocando que él sintiera un fuerte deseo.

Se sentó de nuevo y la observó mientras ella avanzaba por el pasillo, fijándose en cómo los pantalones vaqueros resaltaban la forma de sus piernas y de su trasero. Al ver que otros hombres asomaban la cabeza para mirarla al pasar, se disgustó.

Le parecía que no había respirado con normalidad desde que ella se había quitado la sudadera y no había podido evitar fijarse en sus brazos delgados, sus muñecas pequeñas y en sus hombros delicados.

Alexio se había sorprendido del efecto que había tenido en él. Se sentía como un hombre de la época victoriana que veía los brazos desnudos de una mujer por primera vez.

Había tratado de ignorar su miembro erecto y concentrarse en la conversación, pero no había podido evitar fijarse en el escote de su camiseta. Y, cuando vio la tira de su sujetador de color rosa, se excitó más que con cualquier modelo de lencería cara de los que habían lucido sus anteriores amantes. El recuerdo de la compañera de cama que había tenido la noche anterior se había borrado de su memoria.

Alexio deseaba ver todo el cuerpo de Sidonie, tanto

que en otra situación se habría parado a pensar. Podía imaginar sus senos perfectos, hechos para encajar en las manos de un hombre. ¿Tendría los pezones pequeños? ¿O grandes y suculentos? No había podido resistirse y le había acariciado la mejilla. Su piel era suave como la de un melocotón.

Era el tipo de deseo que echaba de menos desde hacía mucho tiempo. El tipo de deseo que lamentaba no haber sentido la noche anterior. Intenso y ardiente. Imperioso. Como si no pudiera concebir la idea de salir de aquel avión sin llevarse a Sidonie con él para devorarla. En ese momento, Alexio tuvo que preguntarse si de verdad se había sentido así o si solo había sido producto de su imaginación.

De pronto, oyó que una voz le decía:

—Perdone, señor Christakos...

Él levantó la vista y vio a Sidonie. Al instante, experimentó de nuevo el deseo primitivo. Los senos de Sidonie quedaban a la altura de sus ojos, y él se fijó en cómo se notaban sus pezones a través de la tela de su camiseta. Se puso en pie para dejarla pasar, enfadado con su cuerpo por no obedecer a su cerebro.

Cuando ella pasó a su lado y él percibió su aroma, confirmó que nunca había deseado a nadie tanto como deseaba a Sidonie Fitzgerald. Y la tendría. Porque Alexio Christakos siempre conseguía lo que se proponía. Sobre todo, con las mujeres.

Sidonie se sentó de nuevo y trató de mantener el control. En el baño se había lavado el rostro con agua fría para tratar de salir del trance en el que estaba.

Sin embargo, el frágil equilibrio duró muy poco. Nada más regresar, Alexio Christakos había posado la mirada sobre sus senos, de una manera depredadora. Sidonie no había podido evitar que su cuerpo reaccionara, encendiéndose como una llama.

«Es un mujeriego, es un mujeriego», repitió para sí. Además, según se rumoreaba, Alexio Christakos solo elegía a las mujeres más despampanantes. Y Sidonie, con su cabello alborotado, sus pecas y su tez clara, no entraba en esa categoría. Aquel intenso deseo solo podía ser producto de su imaginación.

Oyó que él se aclaraba la garganta y, temerosa, volvió la cabeza para comprobar que él la devoraba con la mirada. Sintió un nudo en el estómago, se estremeció y notó que los pezones se le ponían turgentes.

—No vuelvas a llamarme señor Christakos —dijo él—. Haces que me sienta viejo. Llámame Alexio.

Sidonie notó que el avión descendía una pizca.

—Pronto aterrizaremos. No volveré a verlo nunca más, así que no importa cómo lo llame.

—No estés tan segura de eso.

Sidonie pestañeó y sintió que se le aceleraba el corazón.

—¿Qué quiere decir?

—Esta noche voy a invitarte a cenar.

Sidonie experimentó dos reacciones contradictorias. Su cuerpo se excitó al instante, pero su cabeza insistía en que corría peligro. Él era un hombre arrogante y ella se negaba a que se percatara de que, por un lado, se sentía tentada. ¿Un hombre como ese? La devoraría para después abandonarla sin pensárselo dos veces.

Solo le interesaba de manera fugaz.

Quizá la falta de espacio y el ambiente cargado de la clase turista le había afectado a la cabeza. Quizá estaba aburrido, cansado y, como ella era diferente a las mujeres con las que solía salir, se sentía intrigado.

Sidonie se cruzó de brazos y entornó los ojos. Al ver que Alexio apretaba los dientes, como si estuviera preparándose para una batalla, se estremeció.

–Eso parecía más una orden que una invitación. Tengo que tomar un vuelo a Dublín, ¿o es que antes no has escuchado esa parte?

Sidonie no estaba segura de por qué se sentía tan amenazada por él. Aunque sabía que, probablemente, sus sospechas acerca de por qué Alexio coqueteaba con ella fueran ciertas, deseaba lanzarse a sus brazos y decirle que sí.

Estaba segura de que no había muchas mujeres que rechazaran sus invitaciones, o casi ninguna. No obstante, no sería capaz de perdonarse si se entregaba a él para una relación que no duraría más de una noche. Tenía miedo de cómo estaba afectándola ese hombre. Una noche no sería suficiente. Lo sabía por la sensación que tenía en el estómago. Y eso la asustaba. Era una mujer responsable y precavida que no solía actuar de manera espontánea.

Alexio miró el reloj que llevaba en su muñeca.

–Diría que ya has perdido el vuelo de conexión y, puesto que soy el propietario de la aerolínea, lo menos que puedes hacer es permitirme que te compense invitándote a cenar.

Sidonie resopló con fuerza y dijo:

–No veo que vayas a invitar a cenar a las otras personas de este avión que también han perdido un vuelo de conexión.

–Probablemente, porque no quiero salir a cenar con ellos. Sin embargo, sí me gustaría salir a cenar contigo. Por favor.

–Soy muy mala acompañante. Quisquillosa con la comida y vegetariana. Bueno, en realidad, vegana...

Eso no era verdad, pero era como si estuviera hablando el diablillo que albergaba en su interior.

Alexio sonrió.

–Estoy seguro de que eres una compañera de cena estupenda, y conozco un restaurante vegetariano estupendo... Toda la berenjena que puedas comer.

Sidonie frunció el ceño. Al ver que la miraba con una pícara sonrisa, supo que él no solo estaba pensando en la cena y la conversación. Lo miró y trató de contener la ola de calor que la invadió por dentro al darse cuenta de que cenar tampoco era lo que ella tenía en mente. De pronto, recordó que se había quitado la sudadera y se volvió para buscarla y ponérsela de nuevo.

Alexio resopló.

–Eso deberías quemarlo.

Sidonie contestó:

–Es mi favorita.

–Es una lástima que ocultes tu cuerpo bajo esa prenda holgada.

Entonces, se oyó un ruido fuerte y se sintió un golpe, y Sidonie tuvo la sensación de que se le paraba el corazón.

Alexio la agarró de las manos y le dijo con voz tranquila:

–Hemos aterrizado, nada más.

Sidonie miro por la ventana y, después, a Alexio.

–Siempre me doy cuenta de cuándo aterriza el avión.

Ella había centrado toda su atención en Alexio, y por eso no se había dado cuenta.

Él entrelazó los dedos con los de ella y provocó que Sidonie experimentara un fuerte calor en la entrepierna. Él le apretó las manos una pizca y ella lo miró.

Se sostuvieron la mirada durante unos instantes. Sidonie comenzó a respirar de forma acelerada y Alexio le acarició la barbilla con el pulgar. Posó la mirada sobre sus labios y deseó besarla. Apretó los dientes y retiró la mano. Sidonie tuvo que morderse el labio inferior para no quejarse.

Se retiró hacia atrás, alegrándose de que no la hubiera besado, porque sabía que no habría podido resistirse.

—Sidonie.

—¿Qué? —preguntó ella, después de colocar el bolso en su regazo para guardar sus cosas.

Encontró sus gafas y se las puso, a pesar de que solo las utilizaba para leer. Eran la protección que necesitaba. Lo miro y deseó no haberlo hecho. La expresión de su rostro era muy seria. Incluso parecía peligrosa.

La gente que estaba a su alrededor empezaba a ponerse en pie y a sacar maletas.

Sidonie se sentía vulnerable. E incluso, por un momento, se olvidó de que él la había invitado a cenar.

—Estoy segura de que tienes a una persona esperándote para sacarte del aeropuerto lo más rápido posible.

Alexio la miró un instante. Ella tenía razón. Un hombre uniformado se dirigía hacia ellos.

La agarró de la mano y Sidonie miró a su alrededor, pero nadie los estaba mirando. Todo el mundo estaba ocupado recogiendo sus cosas.

—Sidonie, lo dije en serio. Ven a cenar conmigo esta noche.

—Tengo que ir a Dublín. No puedo quedarme en Londres solo porque a ti se te antoje.

—No es un antojo. Si te quedas, me aseguraré de que llegues a casa.

Sidonie retiró la mano y negó con la cabeza.

–No... Lo siento, pero no puedo.

El hombre uniformado había llegado a su lado y se agachó para decirle algo a Alexio. Él contestó de manera cortante y se levantó para recoger su abrigo.

–Acompáñame. Al menos, deja que intente ayudarte a que tomes tu vuelo.

Sidonie lo miró y tragó saliva. Él hablaba de manera distante. Se estremeció y supo que no podía hacerlo enfadar. Alexio sería un enemigo formidable.

–No tienes por qué hacer esto –dijo ella–. Puedo manejarme sola y esperar otro vuelo si es necesario.

Él suspiró.

–No discutas, ¿de acuerdo? Ven conmigo, por favor...

Le tendió la mano y ella lo miró. Curiosamente, tenía la sensación de poder confiar en aquel hombre, a pesar de que fuera un desconocido.

La idea la sorprendió. Después de lo que le había sucedido cuando era pequeña, le costaba confiar en los demás. Y después de haber perdido a su madre y a su padre en un espacio muy corto de tiempo y de enterarse del mal comportamiento de su madre, se sentía muy vulnerable. Sin embargo, en compañía de aquel hombre, se sentía más segura que nunca. Y protegida. Lo cual era una locura.

Y más locura era el hecho de que Sidonie no pudiera resistirse a la tentación de pasar unos minutos más con aquel hombre. Le dio la mano y se sorprendió al ver que la sensación le parecía muy familiar. Alexio la guio hacia la parte trasera del avión, donde también se dirigía el hombre que había ido a recogerlos. Habían abierto la puerta trasera exclusivamente para ellos, y las azafatas los despidieron al salir, fulminando a Sidonie con la mirada al ver que iba agarrada de la mano de Alexio.

Odiándose por lo agradable que le resultaba ir agarrada de su mano, Sidonie lo siguió escaleras abajo, hasta donde los esperaba otro oficial y un coche. Oyó que Alexio informaba al hombre de quién era ella y que se hiciera cargo de su equipaje. Momentos más tarde, un agente de aduanas inspeccionó su pasaporte irlandés.

Después, el chófer los llevó a toda velocidad hasta la terminal donde Sidonie tenía que tomar el vuelo de conexión.

Capítulo 3

ALEXIO estaba mirando la pantalla de su teléfono móvil, pero no veía nada. La rabia y el deseo lo invadían por dentro. Estaba enfadado consigo mismo por no haber aprovechado la oportunidad de besarla cuando deseaba hacerlo. Algo había hecho que se contuviera, algo que le sugería que ella no era como las otras mujeres que él conocía. Que la intensidad de lo que sentía era algo fuera de lo normal.

Alardeaba de ser un hombre civilizado con un gusto muy selecto, y no un hombre que se dejaba llevar por el impulso de besar a una mujer una hora después de conocerla. Sin embargo, había estado a punto de hacerlo.

Y tampoco la había dejado marchar. La había guiado hasta el coche que lo esperaba fuera del avión. Sidonie estaba sentada a su lado, agarrando con fuerza la bolsa que llevaba en el regazo.

Incapaz de contenerse, Alexio le acarició la barbilla con un dedo y, al momento, sintió que el deseo lo invadía por dentro. Ella se puso muy tensa y se volvió para mirarlo. Alexio se quedó maravillado. Uno de sus mechones ondulados caía sobre su hombro, brillando como un rayo de sol. Tenía las mejillas sonrojadas. No llevaba maquillaje, pero sí esas gafas ridículas de montura negra. Su sudadera holgada y los vaqueros desgastados. No tenía por qué desearla, pero lo hacía.

No podía explicarlo, pero en esos momentos le parecía la mujer más bella que había visto en su vida. Y, de pronto, su deseo se volvió todavía más intenso. Era posible que no volviera a verla nunca más.

Era evidente que Sidonie había percibido algo en su mirada, porque se sonrojó aún más. Alexio no habría podido contenerse ni aunque mil hombres hubieran intentado retenerlo.

La tomó entre sus brazos y la besó en la boca.

Ella apoyó las manos contra su torso, y Alexio comenzó a mover los labios sobre los suyos para que los separara...

Colocó una de las manos sobre su cuello y le acarició la barbilla con el dedo pulgar, ella suspiró y separó los labios. Él aprovechó para besarla de manera apasionada.

Sidonie todavía estaba en shock. Alexio la besaba e introducía la lengua en su boca una y otra vez. Ella no podía respirar, ni pensar. Y no quería hacerlo. Solo sabía que, tan pronto como él la había mirado con deseo, ella había estado preparada para lanzarse a sus brazos.

Su beso era apasionado, y más ardiente de lo que ella había experimentado en toda su vida. Alexio le acariciaba el cabello y le soltaba los mechones con los dedos. Sidonie se sentía como si por dentro se estuviera rompiendo en miles de pedazos, pero era una sensación tan deliciosa que no quería que terminara.

Era como si una bestia hambrienta se hubiera despertado en su interior y la impulsara a besar a Alexio con la misma pasión. Le mordisqueó el labio inferior y después se lo acarició con la lengua con suavidad.

Se oyó un ruido en la lejanía y, al instante, Alexio se retiró.

Sidonie encontró la fuerza de voluntad necesaria para separarse de él. Respiraba de forma acelerada y tenía la visión borrosa. El coche se había detenido frente a la terminal y el conductor había hecho el ruido para llamar su atención.

Alexio todavía la tenía agarrada de los brazos y la miraba con los ojos entornados. El brillo de su mirada contenía todo tipo de promesas. Sidonie deseaba abrazarlo de nuevo y besarlo sin parar.

Haciendo un gran esfuerzo, se separó de él. Tenía las mejillas sonrojadas y el cabello medio suelto, pero rápidamente intentó recolocarse el peinado a pesar de que le temblaban las manos.

Ella no podía mirarlo. ¿Qué diablos había pasado? A pesar de que había participado voluntariamente en lo que había sucedido, la asustaba lo rápido que había perdido el control.

—Ya hemos llegado —dijo Alexio. Después del beso se sentía desorientado.

Sidonie estaba evitando mirarlo a los ojos, y él vio que tragaba saliva, con nerviosismo. Alexio deseó besarla otra vez. Había algo sorprendente en ella, algo que había conseguido atravesar su desgastada coraza.

Ella lo miró, y él se fijó en el brillo de su mirada. Después, vio que se disponía a abrir la puerta del coche y odió la idea de que fuera a marcharse. Sin embargo, antes de que pudiera detenerla, ella ya estaba saliendo del coche.

Alexio se apresuró para salir del vehículo y llegar a su lado antes de que ella se alejara. Un hombre apa-

reció con la maleta de Sidonie en un carro, y Alexio
lo recogió, conteniéndose para no gritarle a un empleado inocente que los dejara en paz.

Miró a Sidonie un largo instante, sintiéndose como
si estuviera al borde de un precipicio al que nunca se
había acercado antes.

–¿Estás segura de que no puedo hacer que cambies
de opinión?

–No puede ser. Tengo que regresar.

Alexio no quería moverse.

–¿Tienes trabajo?

Ella evitó su mirada.

–Lo tenía, pero el restaurante cerró.

–¿Así que no tienes prisa para volver a casa? ¿A
menos que tengas novio?

Sidonie negó con la cabeza y lo miró.

–No... Y, si lo tuviera, no habría hecho lo que hemos hecho –se calló un instante–. No puedo... No
puedo hacer esto contigo. No soy una mujer fácil, Alexio. No voy a acostarme contigo solo porque chas-
quees los dedos y esperes que lo haga.

Alexio deseaba apartar el carro, arrancarle las gafas
a Sidonie y besarla de forma apasionada, sin embargo,
se contuvo y comentó:

–Sidonie, te he pedido que vayamos a cenar, no
que te acuestes conmigo.

Ella empalideció, miró hacia otro lado y se colgó
la bolsa en bandolera. Después, agarró el carro y dijo:

–Te lo agradezco, ¿de acuerdo? Si viviera en Londres, quizá saldría contigo a cenar, pero no es así, tengo
que irme a casa.

Al ver que avanzaba con el carro, Alexio sintió una
fuerte presión en el pecho. Metió la mano en el bolsillo de su chaqueta, sacó una tarjeta y se la entregó.

–Ese es mi número de teléfono privado. Si cambiase algo, llámame.

Al cabo de unos segundos, ella asintió y dijo:

–Ha sido un placer conocerte... –giró el carro y desapareció entre la multitud de la terminal.

A Alexio no le gustaba la sensación de haber perdido el control. Era algo contra lo que había luchado toda su vida, cada vez que su padre intentaba convertirlo en el hijo y heredero que él deseaba. O cada vez que lo agobiaba con el peso de las expectativas que tenía puestas en él. Y sobre todo, cada vez que había visto a su padre perder el control por no saber gestionar sus emociones cuando estaba junto a su fría esposa.

Sin embargo, aquella mujer había conseguido que perdiera el control sin que se diera cuenta.

Alexio blasfemó.

Veinte minutos más tarde, Sidonie estaba a punto de gritar de frustración. Todavía tenía el cuerpo sensible a causa de la excitación sexual. Solo podía pensar en el atractivo rostro de Alexio Christakos y en su cuerpo escultural, pero únicamente recordaba las palabras que le había dicho el empleado de la aerolínea.

«Lo siento, señorita. Este fin de semana se juega la final de rugby entre Irlanda e Inglaterra. No hay manera de que podamos conseguirle un billete para Dublín entre hoy y mañana, así que, a menos que quiera cruzar a nado...».

Sidonie sintió la presión de las personas que tenía detrás. Todas estaban buscando la manera de regresar a casa. El empleado comenzó a atender a la siguiente persona, y Sidonie se dio la vuelta, desanimada. Se dirigió al exterior por la puerta principal, en parte confiando en que Alexio estuviera allí todavía. Al ver que el coche ya no estaba, Sidonie sintió ganas de llorar.

¿Por qué se había empeñado en privarse de pasar una velada con el hombre más carismático que había conocido nunca? La vocecita de su difunta madre resonó en su cabeza, recordándole que solía negarse todo aquello que fuera únicamente para ella. Siempre tenía que luchar por lo que quería.

Hacía mucho tiempo que había hecho la promesa de que nunca sería una mujer avariciosa como su madre, que nunca había tenido en cuenta el sufrimiento de los que la rodeaban, en especial el de su marido, un hombre que le había dedicado toda su vida a pesar de que ella lo había humillado públicamente, y que siempre había sabido que Sidonie ni siquiera era su hija biológica.

Y, de pronto, Sidonie tenía una gran responsabilidad: *Tante* Josephine necesitaba su ayuda. No podía permitirse el lujo de pensar únicamente en sí misma. «Pero podrías permitirte una noche para ti. Una única noche».

Sidonie sintió un nudo en el estómago al recordar cómo había estado a punto de ceder cuando Alexio le preguntó si cambiaría de opinión.

Lo único que realmente debería haberla retenido era su tía, pero ella se había marchado dos semanas de vacaciones con la asociación benéfica del vecindario. Sidonie la había animado a ir, consciente de que así se distraería de los problemas mientras ella estaba en Dublín. Sidonie recordó todo eso durante unos instantes y pensó que podía haber aceptado la invitación de Alexio, pero tenía demasiado miedo como para confiar en él plenamente.

Ya era demasiado tarde. Bajó la mirada y vio que estaba agarrando con fuerza la tarjeta que él le había dado. Imaginó que estaría de camino a Londres para asistir a una reunión importante. Y que ya se habría olvidado de ella. Había perdido su oportunidad.

Un sentimiento de vacío la invadió por dentro. Se volvió para regresar al interior del edificio. Compraría un billete para el primer vuelo que tuviera disponibles y buscaría un lugar donde alojarse...

–Sidonie.

Al oír que la llamaban sintió que le daba un vuelco el corazón. No era posible. Se dio la vuelta y vio a Alexio, tan atractivo como lo recordaba. No era un sueño.

–¿Qué estás haciendo aquí? Te habías ido –dijo ella.

Alexio se puso serio, como si no quisiera admitir lo que se disponía a decir.

–He vuelto por si acaso.

–Todos los vuelos están llenos. Hay un partido de rugby entre Irlanda e Inglaterra. No podré regresar a casa hasta pasado mañana como pronto...

–¿Así que estás atrapada en el aeropuerto? Qué mala suerte –comentó con humor en la mirada.

Sidonie se sentía llena de júbilo. Él había regresado a buscarla. No se había olvidado de ella.

–Iba a comprarme un billete y a buscar dónde alojarme.

–Resulta que tengo un apartamento muy grande aquí en Londres. Si aceptas salir a cenar conmigo esta noche, permitiré que te alojes en él. Y también me aseguraré de que regreses a casa en cuanto haya una oportunidad.

Sidonie se percató de que estaba teniendo una segunda oportunidad y tomó la decisión de lanzarse a lo desconocido.

–Aceptaré tu invitación con una condición.

–¿Cuál? –dijo él con impaciencia.

–Que permitas que pague la cena... A cambio de que vas a darme alojamiento.

Sidonie recordó el estado de su cuenta bancaria después de haber tenido que viajar a París y se mordió el labio inferior.

–Y espero que te guste la comida italiana barata, porque es lo único que puedo ofrecerte –añadió.

Alexio dio un paso adelante y recogió la maleta del carro. Después, agarró a Sidonie del brazo y la miró.

–Ya sé. Cenaremos en casa y así no tendremos que preocuparnos de quién va a pagar.

–Pero... Sidonie se quejó mientras él la hacía pasar a la parte trasera del coche.

Alexio rodeó el vehículo y se sentó al otro lado, mirándola fijamente.

–Está bien. Ya lo he captado –dijo ella–, pero no quiero que pienses que soy una desagradecida.

Alexio pronunció algo en otro idioma, y Sidonie vio que, al instante, se cerraba la ventana de privacidad del vehículo. Después, él se acercó a ella y le quitó la sudadera antes de que ella pudiera impedírselo. También le soltó el cabello y dejó caer la melena sobre sus hombros, antes de retirarle las gafas.

–¿Qué crees que estás haciendo? –le preguntó ella, dándole una palmada en las manos.

Sidonie odiaba la manera en que su cuerpo estaba reaccionando y era consciente de que debía de resistirse.

Él le sujetó el rostro entre las manos y dijo:

–Mucho mejor así –inclinó la cabeza y la besó en los labios.

Sidonie gimió de placer, porque desde que compartieron el primer beso deseaba que la besara otra vez. En silencio, se ordenó dejar de pensar y entregarse de lleno a la fantasía de Alexio Christakos, el hombre que acababa de poner su vida patas arriba.

Cuando el vehículo se detuvo frente a un enorme edificio, Sidonie se sentía completamente aturdida y ardiente de deseo. Alexio tenía la corbata desanudada y parecía tan excitado como ella.

—Entra conmigo. Espérame.

Sidonie tenía los labios hinchados y, como no estaba segura de poder hablar, asintió con la cabeza.

Alexio entró con ella de la mano, pero, al verse reflejada en un espejo, Sidonie intentó soltarse. Él la miró y arqueó una ceja.

Sidonie se sonrojó.

—Mi aspecto no es exactamente el de una ejecutiva.

—Tu aspecto es estupendo —dijo él, después de tragar saliva.

No obstante, Sidonie supo que estaba fuera de lugar vestida con sus pantalones vaqueros y sus zapatillas deportivas en cuanto la recepcionista la miró de arriba abajo.

Cuando salieron del ascensor, se encontraron con un grupo de gente que esperaba a Alexio. Alguien le recogió el abrigo y la chaqueta y otra persona le entregó una carpeta. Después, una mujer se acercó a ella y le dijo:

—¿Señorita Fitzgerald? Si me permite, le indicaré dónde puede esperar...

Sidonie miró a Alexio, y él le indicó que siguiera a la mujer. Momentos más tarde, Alexio avanzó en dirección opuesta.

Sidonie recorrió los pasillos enmoquetados del edificio y, al ver que el logo de Christakos se exponía en varias paredes, se dio cuenta de que todo el edificio debía de ser suyo.

La mujer de cabello oscuro guio a Sidonie hasta un despacho con enormes ventanales y vistas a la ciudad de Londres. Debía de ser el despacho de Alexio.

–¿Puedo ofrecerle alguna cosa, señorita Fitzgerald? –le preguntó la mujer.

–Um... Una taza de té me parecería estupendo.

–Por supuesto. Enseguida vuelvo –contestó, y salió del despacho cerrando la puerta.

Un aroma sexy y masculino se percibía en el ambiente. El aroma de Alexio. Sidonie respiró hondo y se acercó a la ventana para ver la vista. Era sobrecogedora. Espectacular.

Se fijó en que había unas puertas que llevaban hasta una terraza y las abrió. Nada más salir, supo que el hombre al que había conocido horas antes era uno de los reyes del mundo.

–¿Señorita Fitzgerald?

Sidonie se volvió y vio a la secretaria con una bandeja. Se acercó a ella y le retiró la bandeja de las manos.

–Ya me sirvo yo. Muchas gracias.

La mujer la miró asombrada y dio un paso atrás.

–Si necesita algo más, estaré al final del pasillo. El señor Christakos no debería tardar mucho, le oí decir que quería que la reunión no se alargara.

Sidonie sintió que se le formaba un nudo en el estómago. ¿Lo hacía por ella? Asintió y la mujer se marchó. Sidonie dejó la bandeja. No quería sentarse en el escritorio de Alexio, así que se sentó junto a una mesa de café que había en el otro extremo de la habitación. Al servirse el té, se percató de que le temblaba el pulso.

¿Qué estaba haciendo allí? Sentada en el despacho de Alexio y esperando a que regresara. Él la había pescado durante el vuelo.

Sidonie se sonrojó. Ella había sido la que le había dado conversación. Si hubiese ocultado la cabeza en su libro, él no se habría fijado en ella. Sidonie dejó la taza de té sobre la mesa. Sabía que podría salir de allí en ese mismo instante, sacar la maleta de su coche, mezclarse entre la multitud de la ciudad de Londres y no volver a ver a Alexio nunca más... Sin embargo, no era lo que deseaba.

La novedosa sensación de darse prioridad a sí misma le resultaba incómoda. La imagen de *tante* Josephine apareció en su cabeza. Sidonie recordó que su tía estaba de vacaciones con sus amigas. No había motivo por el que ella no pudiera estar allí, con Alexio.

Sidonie experimentó una sensación de libertad y le pareció emocionante. Una cena. Un lugar donde alojarse. La oportunidad de conocer mejor a aquel hombre. Respiró hondo y trató de calmar su corazón acelerado. Eso era todo lo que deseaba. Por mucho que su cuerpo quisiera otra cosa. Saldría de aquella aventura con los sentimientos intactos.

Alexio se desató la corbata de camino a su despacho, cuando por fin pudo escapar de la reunión. Sidonie lo estaría esperando. Al ordenarle al conductor que diera media vuelta y regresara al aeropuerto, se había sentido como un auténtico idiota, pero el deseo de volver a verla había sido muy intenso. Quería buscarla y convencerla para que se quedara.

Después la había encontrado allí de pie, como una

niña abandonada, mirando su tarjeta e, inmediatamente, el sentimiento de alivio que lo invadió eclipsó la preocupación que sentía por comportarse de una manera tan extraña.

Y, después, estaba allí, esperándolo en su despacho. Alexio apretó los dientes para evitar que su cuerpo reaccionara. Debía mantener el control. Le había resultado muy difícil concentrarse en la reunión.

Cuando regresó al despacho, al ver que no estaba, se le heló la sangre.

Se había marchado.

Después abrió las puertas de la terraza y, al verla apoyada sobre la barandilla, su corazón comenzó a latir otra vez con normalidad. Se acercó a ella, fijándose en las curvas de su cuerpo y en su trasero redondeado.

Se colocó detrás de ella y puso los brazos junto a los suyos en la barandilla.

Ella se sobresaltó.

—Me has asustado.

Alexio notó la presión de su trasero en la entrepierna y perdió la esperanza de controlar su cuerpo.

Sidonie estaba tensa entre sus brazos.

—La reunión no ha sido muy larga.

Alexio le retiró la melena de la nuca para dejarle el cuello al descubierto. Inclinó la cabeza y la besó justo debajo de la oreja. Ella se estremeció y presionó el trasero contra el cuerpo de Alexio. Él la rodeó por la cintura y la atrajo hacia sí.

Deseaba poseerla allí mismo. Se retiró una pizca para tratar de mantener el control.

—Les dije que tenía que asistir a una reunión urgente.

Sidonie se volvió entre sus brazos, y Alexio notó que su vientre presionaba contra su miembro erecto. No pudo evitar fijarse en cómo sus pezones turgentes se marcaban bajo la tela de la camiseta sin mangas que llevaba.

—Alexio...

—¿Umm? —preguntó él, mirándola a los ojos.

—Que me quede aquí esta noche no significa que vaya a acostarme contigo —se mordió el labio inferior—. Quiero decir, no me acostaré contigo para devolverte el favor. Preferiría alojarme en un hotel.

Alexio le sujetó el rostro por la barbilla. Ella se acostaría con él. Ambos lo sabían.

—Creo que ya has dejado clara tu postura, y la respeto. Primero, no vas a quedarte en un hotel ni nada parecido. Segundo, no espero que te acuestes conmigo para devolverme el favor. Si te acuestas conmigo, será porque te apetece. No por otro motivo. Somos adultos, Sidonie. Sin ataduras. Libres para hacer lo que queramos...

Sidonie respiraba de manera acelerada.

Sí, pero después de esta noche no volveremos a vernos... No me gustan las aventuras de una noche. Apenas nos conocemos.

Alexio inclinó la cabeza y la besó en la comisura de los labios.

—Sé más cosas sobre ti de lo que sé sobre mi secretaria. Y me suena que habías dicho que no podrás tomar un vuelo hasta dentro de un par de días... Eso son dos noches... Y ¿sabes qué? Piensas demasiado. Para mañana falta mucho tiempo. Nos queda toda la noche por delante y eso es lo que importa.

El apartamento de Alexio no era como Sidonie esperaba. Ella había imaginado un ático en un edificio elegante y, sin embargo, tenía un apartamento en un viejo edificio de ladrillo rojo cerca del Támesis.

Tenía grandes ventanas y las paredes de ladrillos descubiertos con fotos en blanco y negro y cuadros abstractos. Los muebles eran modernos pero masculinos.

Alexio estaba mirándola con los brazos cruzados. Sidonie se sonrojó y se encogió de hombros.

—Esperaba algo un poco más...

—¿Anodino? ¿Sin gusto? —se llevó la mano al pecho—. Me ofendes... Aunque quizá se confirmen tus sospechas cuando veas esto —la tomó de la mano y la guio hasta una habitación oscura, decorada como si fuera un club de caballeros, donde había una mesa de billar y una barra de bar antigua. Detrás de la barra había un espejo enorme que le daba al espacio un toque decadente.

Sidonie sonrió.

—Esto es más parecido a lo que imaginaba.

Alexio la soltó y se dirigió a la barra para sacar una botella de champán y dos copas.

—¿Puedo ofrecerte un aperitivo? —le preguntó arqueando una ceja.

Sidonie miró por la ventana y vio que estaba atardeciendo sobre la ciudad de Londres. Tenía la sensación de que el día había pasado volando.

Tratando de no pensar demasiado y de disfrutar del momento, se acercó a uno de los taburetes y se sentó.

—Me encantaría, gracias.

Alexio descorchó la botella y sirvió dos copas de champán. Sidonie intentó no fijarse en la etiqueta, que demostraba que era una de las marcas de champán más caras del mundo.

«No pienses. Disfruta».

Él le entregó una copa y rodeó la barra para colocarse frente a Sidonie. Si ella separara las piernas, Alexio podría colocarse entre ellas. A Sidonie se le aceleró el corazón.

Él chocó la copa contra la de ella y dijo:

—Por nosotros, Sidonie Fitzgerald. Gracias por venir conmigo esta noche.

Sidonie no pudo apartar la mirada de aquellos ojos verdes.

—Salud... Y gracias por tu hospitalidad.

Ambos bebieron un sorbo y, después, Alexio la agarró de la mano y la levantó del taburete.

—Permite que te haga un tour.

Atravesaron el salón y la llevó hasta la cocina.

—¿Sabes cocinar? —preguntó con curiosidad.

Él se encogió de hombros.

—Puedo cocinar para mí, pero no me atrevería a cocinar para una cena de amigos.

—¿Y qué has preparado para esta noche? ¿Tostada de judías?

—Un cocinero de uno de los mejores restaurantes de Londres vendrá a servirnos la cena dentro de una hora.

—Ah... —Sidonie se quedó sin habla. Durante un segundo se había olvidado de con quién estaba...

Alexio la guio hasta el piso de arriba por unas escaleras con barandilla de bronce. Había cristal por todos los sitios, y los espacios se fundían unos con otros con elegancia, algo que solo conseguían los mejores arquitectos.

Alexio la llevó hasta la habitación de la izquierda, y Sidonie se fijó en que su maleta estaba sobre la cama. Desde la ventana se veía el Támesis, y el baño que estaba en la misma habitación tenía dos lavabos y una cabina de ducha enorme. Al otro lado, había una bañera antigua.

–Es precioso –dijo ella, y apretó la mano de Alexio.

–Este es tu dormitorio, Sidonie. Como te dije, no pretendo que duermas conmigo, aunque me encantaría.

Así. Sin más. Sin falsa seducción. La deseaba.

–De acuerdo... Gracias –dijo ella, con voz temblorosa.

Después, él la llevó por el pasillo hasta otra habitación mucho más grande. Tenía una cama enorme, una silla, un armario y una cómoda con cajones. Y una vez más, una vista maravillosa.

El baño de su dormitorio estaba alicatado con baldosines negros, un toque completamente masculino.

Salieron de la habitación, y Alexio le mostró otros dos dormitorios y un despacho equipado con toda la tecnología necesaria.

–En Londres también tengo mi despacho principal. Igual que en Atenas –le explicó–. Paso la mayor parte del tiempo entre aquí y allí.

Regresaron al bar, y Sidonie se sentó de nuevo en un taburete. Alexio le rellenó la copa y sacó un cuenco de fresas. Sidonie tuvo que contenerse para no gemir cuando vio que él mojaba una de las frutas en el champán y se la ofrecía. Sidonie no pudo evitar fijarse en cómo él observaba sus labios al comer. En algún momento, tendría que decidir hasta dónde estaba dispuesta a llegar porque Alexio estaba esperando que ella hiciera el menor gesto para actuar. No obstante, ella lo había creído cuando le dijo que dependía de ella y que no la presionaría. ¡No sería necesario!

Estuvieron hablando de cosas intranscendentes durante un rato y, finalmente, Alexio miró el reloj y puso una mueca.

–No sé qué te parece, pero a mí me gustaría cambiarme de ropa. El cocinero llegará dentro de poco.

Ella asintió.

–Me gustaría darme una ducha, si te parece bien.

Alexio la miró.

–¿Quedamos abajo dentro de veinte minutos?

–De acuerdo –Sidonie se bajó del taburete.

Una vez en su dormitorio, abrió la ventana e inhaló el aire fresco primaveral.

Se sentía como si el mundo real se hubiera paralizado. Ni siquiera tenía que preocuparse por *tante* Josephine. Era como si no tuviera responsabilidades y pudiera disfrutar del momento.

Sacó algunas cosas de su maleta y se dio una ducha. Después, envuelta en una toalla, miró la ropa que había llevado consigo. Todo eran pantalones vaqueros y camisetas. También tenía el traje que había llevado a la reunión con el abogado. Consistía en una falda y una blusa de color negro, y era la ropa que había utilizado cuando trabajaba como camarera, pero parecería que iba a un funeral.

Hacía mucho tiempo que la ropa se había convertido en un lujo para ella, e incluso había vendido los artículos más caros para pagarse los estudios.

Sabía que Alexio estaba acostumbrado a las mujeres elegantes y no a las estudiantes con poco dinero. Eso era lo que ella era.

Suspiró y eligió un par de pantalones negros y una camiseta gris con un dibujo brillante en el hombro. Se puso las sandalias de tacón que había llevado a la reunión y se miró en el espejo para ponerse un poco de maquillaje.

A pesar de que estaba tentada a recogerse el cabello, decidió no hacerlo porque recordó que Alexio le había soltado la melena. No quería tentarlo antes de estar convenida de que estaría preparada para su reacción.

Respiró hondo y trató de tranquilizarse. La facilidad con la que aquel hombre la había cautivado era atemorizante y, al mismo tiempo, emocionante.

Capítulo 4

A LEXIO percibió un movimiento y levantó la vista de la copas de vino que estaba sirviendo. Durante un instante, se le paralizó el corazón.

Sidonie estaba al pie de las escaleras y llevaba unos vaqueros negros ceñidos y unos zapatos de tacón. También una camiseta gris con algo brillante en los hombros. No se había recogido el cabello y la melena le caía sobre los hombros.

A pesar de que se notaba que llevaba ropa barata, se quedó impresionado por su belleza natural. De pronto, los pantalones que él se había puesto le parecían demasiado apretados. Su miembro erecto era la prueba de que su libido había despertado. Y eso que veinticuatro horas antes había pensado que no estaba en plena forma.

Dejó la botella de vino y se acercó a Sidonie. Ella se sonrojó, y él notó que se le aceleraba el corazón. Era como si estuvieran compenetrados. Alexio supo inmediatamente que, si hiciera el amor con aquella mujer, una noche no sería suficiente.

Ella estaba nerviosa y señalaba su ropa, provocando que Alexio deseara tranquilizarla, algo que nunca le había pasado con ninguna mujer.

—No he venido preparada para una cena de gala. Tendrás que disculparme.

Alexio le dio la mano.

–Quiero que te sientas cómoda. Yo tampoco me he esforzado demasiado.

Se fijó en que ella miraba su camisa blanca, sus pantalones vaqueros desgastados y sus pies descalzos. Cuando lo miró a los ojos otra vez, se fijó en que estaba sonrojada y tenía las pupilas dilatadas. Lo deseaba.

Al oír ruido en la cocina, ella preguntó:

–¿He tardado más de veinte minutos?

–Unos cuarenta... –contestó él con una sonrisa–. Ya me lo esperaba. Cuando se trata de una mujer, que se retrase es lo habitual.

Ella lo miró e intentó retirar la mano, pero ella no se lo permitió.

–¿Has conocido tantas mujeres como para hacer un estudio sobre el motivo de sus retrasos?

Alexio dejó de sonreír y le acarició la barbilla.

–No soy un monje, *glikia mou,* pero tampoco soy tan promiscuo como la prensa dice que soy. Cuando tengo amantes soy muy sincero con ellas. Nunca ofrezco nada más que satisfacción mutua. Ahora mismo no busco relaciones serias.

Sidonie lo miró fijamente y dijo:

–Está bien... –sonrió.

Alexio deseaba olvidarse de la cena, tomarla en brazos y llevarla al piso de arriba.

Ella sonrió y se agachó para hacer algo. Alexio vio que se estaba quitando los zapatos.

–En vista de que tú no has hecho el esfuerzo de ponerte zapatos, no veo por qué yo tengo que sufrir.

Alexio la guio hasta el comedor donde había una mesa preparada para dos iluminada con velas. Estaba junto a la ventana, y desde ella se veía la ciudad iluminada detrás del río.

El camarero estaba preparando los aperitivos y Alexio dijo:

—Gracias, Jonathan. Creo que podemos continuar nosotros. Dale las gracias a Michel de mi parte.

El joven se marchó de allí rápidamente.

Alexio había hecho aquello montones de veces, para sus reuniones de trabajo o para sus citas con mujeres, pero aquella noche se sentía diferente. Sidonie lo miraba todo con verdadero asombro.

—Supongo que cuando dijiste que eras vegetariana estabas bromeando.

Alexio levantó la tapa de la bandeja para mostrarle unos buñuelos de confit de pato y vio que a Sidonie le brillaban los ojos. No pudo evitar preguntarse si tendría la misma mirada hambrienta cuando hicieran el amor.

—Imaginé que serías un carnívoro empedernido y que te horrorizaría la idea de verme masticar una hoja de lechuga durante más de media hora.

Alexio sujetó la silla para que ella se sentara y contestó:

—Tengo preparada una opción vegetariana por si acaso, pero ¿a estas alturas no sabes que nada de lo que digas puede asustarme?

Se sentó frente a ella y levantó la copa de vino para brindar.

—*Yiama.*

Sidonie repitió la frase en griego. Ambos bebieron un sorbo de sus copas, y Alexio sirvió el aperitivo.

«¿A estas alturas, no sabes que nada de lo que digas puede asustarme?», las palabras de Alexio todavía resonaban en la cabeza de Sidonie.

Él había llevado los platos a la cocina, y Sidonie lo

esperaba en la terraza, contemplando el Támesis desde la barandilla.

Estaba cautivada por su acompañante y se sorprendía de lo fluida que había sido su conversación. Igual que en el avión, una vez empezaron a hablar, no pudieron parar. De vez en cuando había tenido que recordarse con quién estaba y dónde se encontraban, cuando debía estar de regreso en Dublín reorganizando su vida...

Oyó un ruido en la cocina y se volvió para ver a Alexio colocando los platos en el lavavajillas. Se dirigió a su lado para ayudarlo, y él se enderezó.

—¿Café? ¿Un licor?

Sidonie colocó el último plato en el lavavajillas y cerró la puerta. Sidonie había tomado una decisión durante la cena, justo después de que él la informara de que no mantenía relaciones serias. Ella tampoco. Y menos con un hombre como Alexio Christakos. Pasaría la noche con él y se marcharía después de comprobar qué se sentía cuando un hombre hacía el amor de verdad.

Puesto que no tenía ni idea de cómo hacerle saber a un hombre como Alexio lo que deseaba, sin decirle claramente que quería tener relaciones sexuales con él, a Sidonie se le ocurrió una idea.

—Me gustaría un licor, por favor... ¿Te he mencionado que juego muy bien al billar?

Alexio negó con la cabeza.

—No. Creo que hemos hablado de muchas cosas durante la cena, y que incluso intentaste engañarme para que te contara los secretos de mi éxito, pero no mencionaste tu talento jugando al billar.

—Pues resulta que en la universidad fui campeona local. Y me encantaría echarte una partida, Alexio Christakos.

Alexio se apoyó en la encimera, frente a ella, y se cruzó de brazos.

–Interesante. Cuéntame... ¿Hay alguna norma para este reto?

Sidonie se cruzó de brazos también.

–Por supuesto. La norma es muy sencilla: quien gane decidirá lo que haremos el resto de la noche.

–Entiendo que, si ganas, elegirás...

–Irme a la cama con un buen libro, por supuesto.

–¿Y si yo gano y te pido amablemente que te acuestes conmigo?

Sidonie se encogió de hombros.

–Entonces, supongo que tendré que sufrir las consecuencias, pero no vas a ganar, así que podemos olvidarlo de momento...

Hizo ademán de marcharse, pero Alexio la agarró rápidamente y la abrazó. Sidonie se quedó boquiabierta. Al sentir todo su cuerpo contra el de ella, le flaquearon las piernas.

–No tan deprisa –dijo él, con tono seductor–. Creo recordar que me has retado a echar una partida y, puesto que parece que tengo todas las de perder, me gustaría subir la apuesta... Por cada tiro que fallemos, nos quitaremos una prenda de ropa.

Al imaginarse a Alexio desnudo, Sidonie sintió un fuerte calor en la entrepierna.

–Ese juego no existe –dijo ella.

–Ahora sí, cariño –la guio hasta el cuarto de juegos.

Después de servir una copa de licor para ella y una copa de whisky para él, Alexio sacó dos tacos de billar y le entregó uno. Colocó las bolas en la mesa e hizo una reverencia.

–Las damas primero.

Sidonie rodeó la mesa, consciente de que Alexio la

miraba fijamente. No estaba segura de por qué se le había ocurrido aquella idea, como si pretendiera aparentar que acostumbraba a jugar a esa clase de juegos con otros hombres.

Al cabo de un momento, se colocó junto a la mesa y echó el taco hacia atrás. Alexio estaba al otro lado de la mesa, apoyado en un taburete.

–Tómate el tiempo que quieras –dijo él.

Ella movió el taco y golpeó las bolas con maestría, introduciendo una de ellas en un agujero.

Ella sonrío.

–¿Decías algo...?

–La suerte del principiante.

Sidonie se movió de sitio y tiró de nuevo. Tenía las manos sudadas y el taco se le resbaló una pizca, provocando que fallara.

Alexio chistó y se puso en pie. A Sidonie se le aceleró el corazón. «Por cada tiro que fallemos, nos quitaremos una prenda de ropa». Alexio la miraba con una amplia sonrisa.

–No me importa cuál sea la prenda, pero te sugiero que te quites la camiseta o los pantalones.

Sidonie frunció el ceño. Había pensado que tendría más tiempo y que conseguiría que él se desnudara primero. Entonces, sonrió y se desabrochó el sujetador por debajo de la ropa, se quitó los tirantes y sacó la prenda por la manga de la camiseta.

–Eso es trampa –dijo Alexio.

–Para nada. Valoré tu sugerencia, pero decidí ignorarla.

Lanzó el sujetador de color rosa hasta una silla y vio que Alexio seguía la prenda con la mirada, antes de volver a posarla sobre su torso. Ella notaba que sus pezones estaban turgentes y rozaban contra la tela de la camiseta. Al ver que Alexio tenía las mejillas ligeramente sonrojadas, ella se excitó.

Él dejó la copa y se puso en pie. Sidonie se cruzó de brazos y, al ver cómo la miraba Alexio, se percató de que era contraproducente.

Él se aceró a ella y se inclinó sobre la mesa de billar, provocando que no le quedara más remedio que fijarse en su trasero musculoso.

Sidonie no podía ver lo que estaba haciendo, pero oyó que golpeaba una bola, aunque que no la metió en el agujero.

—Oh —dijo él, y comenzó a desabrocharse la camisa.

Sidonie se quedó sin habla al ver cómo iba descubriéndose el torso poco a poco.

Era impresionante. No tenía ni una pizca de grasa y era puro músculo. Una capa de vello varonil cubría su torso y una fina línea de vello bajaba por su vientre hasta ocultarse bajo la cinturilla de los pantalones. Sidonie tuvo que contenerse para no acercarse y desabrochárselos. Al ver que tenía un bulto en la entrepierna, tragó saliva.

—Creo que te toca —dijo él.

Se dirigió a la barra del bar y se apoyó en ella, arqueando una ceja.

Sidonie se obligó a mirar hacia la mesa. Era como si no pudiera pensar en lo que tenía que hacer. Sabía que jugaba muy bien y que posiblemente podría ganar a Alexio, pero en esos momentos se sentía inútil. De pronto, vio la jugada que podía hacer, pero no era capaz de dejar de pensar en aquel torso musculoso.

Como era de esperar, Sidonie falló el tiro porque Alexio se movió justo cuando ella estaba tirando.

–Eso sí que es trampa –dijo ella, mirándolo fijamente.

–No sé de qué estás hablando... –la miró de arriba abajo–. Pantalón o camiseta... A menos que sepas la manera de quitarte la ropa interior sin quitarte los pantalones.

Sidonie suspiró. Solo tenía una opción. No estaba preparada para quedarse completamente desnuda frente al hombre más sexy que había conocido nunca. Se quitó los vaqueros y evitó la mirada de Alexio, sintiéndose incómoda por llevar una ropa interior demasiado sencilla, blanca y con florecitas.

Alexio la observó mientras ella doblaba los pantalones con cuidado y los dejaba junto al sujetador. Había algo vulnerable en su manera de comportarse.

Ella lo miró alzando la barbilla. Con valentía. No se sentía ni la mitad de segura de lo que intentaba aparentar. Alexio disimuló lo que sentía al verla así, posando la mirada sobre sus pechos redondeados y sus pezones erectos bajo la camiseta. Sufrió una erección tan fuerte que tuvo que cambiar de postura en el taburete.

Sidonie tenía las caderas estrechas y su ropa interior era la de una mujer inocente. Sin embargo, la manera en que ella lo miraba no tenía nada de inocente. Y mejor, porque cuando Alexio la poseyera no tendría paciencia para ir despacio.

Consciente de que, si se levantaba, no conseguiría disimular su erección, dijo:

–Me siento generoso. Puedes tirar otra vez.

–Será la última prenda que me quite –contestó ella con decisión.

Agarró el taco y rodeó la mesa, vestida con solo la

camiseta y la ropa interior. Alexio no había estado tan
excitado en su vida. Nunca se había sentido tan al lí-
mite sin siquiera haber acariciado a la mujer.

Entonces, Sidonie se detuvo frente a él dándole la
espalda. Él se fijó en la curva de su trasero y tuvo que
contenerse para no gemir.

Cuando se inclinó sobre la mesa y separó las piernas para apuntar mejor, él no pudo evitar perder el
control. La rodeó por la cintura y la atrajo hacia sí, ig-
norando su gritito de sorpresa. Le retiró el taco de las
manos y lo dejó a un lado.

—Esto no es justo. Va contra las normas.

—Olvídate de las normas —dijo él, y la giró para que
lo mirara—. Tú ganas. Abandono el juego.

Sidonie no pudo disimular su sorpresa al ver que
había caído en su propia trampa. Alexio deseaba gritar
para celebrar la victoria, pero decidió seguir el juego.

—O sea que ahora te irás a la cama con un buen libro, ¿no? —bromeó él.

—No tengo ninguno, aparte del libro de texto.

Alexio puso una mueca.

—Qué lástima... ¿Quizá pueda conseguir que cambies de opinión?

—¿Y cómo vas a hacerlo?

Sidonie respiraba de forma entrecortada.

—Así...

Alexio la levantó y la sentó sobre la mesa de billar
antes de colocarse entre sus piernas. Le sujetó el rostro
e hizo lo que llevaba deseando hacer toda la noche:
besarla en los labios de forma apasionada.

Sidonie se agarró a los hombros de Alexio y disfrutó del placer de tenerlo entre sus piernas. Sus len-

guas se encontraron y empezaron a moverlas con rapidez. Sidonie se excitó todavía más y no pudo evitar arquear el cuerpo para tener el máximo contacto con el de Alexio.

Él agarró su camiseta y la levantó para quitársela, obligando a que sus bocas se separaran.

Ella abrió los ojos y se sintió mareada. Ya solo llevaba la ropa interior.

Él bajó la vista y se fijó en sus senos desnudos. Sidonie había estado desnuda delante de un hombre en otras ocasiones, pero nunca se había sentido así. Como si estuviera ardiendo por dentro y por fuera. Deseaba que le acariciara los senos y, cuando él se los cubrió con las manos, se estremeció. Alexio comenzó a jugar sobre sus pezones con los pulgares y ella empezó a respirar de forma entrecortada.

–Eres preciosa...

Sidonie negó con la cabeza, pero él impidió que hablara echándola hacia atrás y cubriéndole uno de los pezones con la boca. Sidonie gimió y se echó hacia atrás, apoyándose en una mano. Con la otra, empezó a acariciarle el cabello.

Estaba desesperada y no pudo evitar arquear las caderas contra el cuerpo de Alexio. Él le cubrió el otro seno con la boca y le acarició la entrepierna. Sidonie gimió de nuevo al sentir la presión de su mano en la parte más íntima de su ser.

Alexio metió un dedo bajo la tela de su ropa interior y la acarició en círculos, explorando el centro de su feminidad.

Ella estaba a punto de estallar. Su cuerpo latía con fuerza y comenzaba a moverse de manera rítmica. De pronto, Alexio retiró la mano y se enderezó. Sidonie tuvo que agarrarse a su cintura para mantenerse erguida.

–Aquí no... –dijo él, respirando de manera acelerada.

–¿Por...?

Sidonie no pudo terminar la frase porque Alexio la tomó en brazos y la llevó hasta las escaleras. Ella le rodeó el cuello con los brazos, experimentando el placer de sentir su torso desnudo sobre la piel de sus senos.

Lo miró y vio que estaba apretando los dientes. Él la miró también y esbozó una sonrisa.

–Me niego a poseerte por primera vez sobre una mesa de billar. Llevo todo el día soñando con tumbarte en una cama y devorar cada centímetro de tu cuerpo.

–Oh... –fue todo lo que ella pudo decir.

La habitación de Alexio estaba en penumbra. La única luz que había era la de una lamparilla que había en una esquina y el resplandor de las luces de la ciudad.

Tumbó a Sidonie en la cama y se retiró hacia atrás. Ella estaba muy excitada y deseaba que la poseyera cuanto antes, pero le daba la sensación de que Alexio no estaba dispuesto a actuar con rapidez.

Como si hubiera leído su mente, él dijo:

–Te deseo tanto que me dan ganas de poseerte ahora mismo, con fuerza, pero quiero...

–No me importa... –contestó ella, jadeando.

Alexio negó con la cabeza y comenzó a desabrocharse el pantalón. Sidonie lo observó mientras se quitaba los pantalones y la ropa interior, excitándose aún más al ver su miembro erecto. Grande. Poderoso.

Se estremeció y lo miró a los ojos.

–Otro motivo por el que no quiero hacerlo deprisa. Prefiero estar seguro de que estás preparada. No quiero hacerte daño... –Alexio se inclinó hacia delante y le retiró la ropa interior.

Después, se echó hacia atrás y la miró. Sidonie deseaba esconderse. Avergonzada. ¿La estaría comparando con su última amante? ¿Y el hecho de que no fuera completamente depilada lo disgustaría?

Se cubrió los senos con un brazo y volvió la cabeza, incapaz de soportar que él la mirara con tanta intensidad. Entonces, él se colocó a su lado en la cama y la abrazó.

—No seas tímida... —la sujetó por la barbilla y le giró la cabeza para que lo mirara—. Eres preciosa... Y te deseo más de lo que nunca he deseado a nadie.

Sidonie lo miró a los ojos y le pareció ver que él mismo se había asombrado de sus palabras. Levantó la mano para acariciarle el rostro y lo besó. Ella también lo deseaba, más de lo que nunca había deseado a nadie.

Cuando él la atrajo hacia sí para que sus cuerpos se tocaran por completo, ella deseó que la penetrara en ese mismo instante. No era capaz de soportar la idea de que pudiera torturarla haciéndola esperar.

Alexio se separó de ella un instante y dijo:

—Por mucho que quiera, me temo que no puedo retrasarlo más...

Sidonie se movió para que él pudiera meter la pierna entre las suyas y notara la humedad de su entrepierna.

—No quiero que esperes —dijo, restregándose contra él—. También te deseo.

Alexio se volvió y sacó algo de la mesilla. Sidonie se percató de lo que era y esperó a que se pusiera el preservativo.

Él se colocó sobre ella y le separó las piernas para acariciarla y penetrarla con los dedos. Ella dobló las rodillas a cada lado de su cuerpo y tuvo que contenerse para no suplicarle que la poseyera de una vez.

Entonces, él retiró la mano y colocó su miembro sobre su sexo, adentrándose en su cuerpo con delicadeza. Le separó las piernas para que pudiera acomodarlo mejor y la penetró por completo mientras la miraba fijamente.

–*Moro mou*... Estás muy tensa...

Sidonie movió las caderas de forma instintiva, y Alexio se movió también, provocando que ella gimiera.

–¿Estás bien? –preguntó ella.

Sidonie no era capaz de pronunciar palabra, así que asintió. Estaba muy bien. Se sentía completa. Movió las caderas de nuevo, y Alexio se retiró una pizca para volver a penetrarla, disfrutando de la fricción entre sus cuerpos.

Despacio, Alexio continuó moviéndose y provocó que Sidonie se excitara cada vez más. Después, comenzó a moverse más deprisa y Sidonie empezó a gemir y jadear, acompañándolo en cada movimiento. Él le sujetó el rostro y le acarició el cabello mientras la besaba, sin dejar de moverse en su interior.

Sidonie lo rodeó por el cuello y lo agarró por la cintura con las piernas. La excitación era cada vez más potente, y ella sentía que estaba perdiendo el control. Momentos más tarde, un fuerte orgasmo se apoderó de ella, trasladándola a un lugar que nunca había imaginado que podía existir.

Alexio la penetró una vez más y dejó de besarla para gemir con fuerza mientras el clímax se apoderaba de él.

Momentos después, Sidonie se dio cuenta de que estaba temblando y se horrorizó. Intentó separarse de Alexio, pero él la abrazó con más fuerza hasta que se calmó.

–¿Sidonie...? –preguntó mirándola a los ojos.

Ella lo miró y, al instante, su cuerpo reaccionó. Se sentía avergonzada. ¿Cómo podía desearlo otra vez tan pronto?

Él frunció el ceño y se separó de ella para apoyarse en un hombro.

–¿Te he hecho daño? No eras virgen, ¿verdad?

Sidonie negó con la cabeza y se incorporó también.

–No –admitió ella–. He estado con un par de chicos de la universidad, pero no fue lo mismo... Yo no...

Sidonie se calló y bajó la mirada.

–No ¿qué? –preguntó Alexio, sujetándola por la barbilla–. ¿No llegaste al clímax?

Sidonie negó con la cabeza.

–No –contestó–. Quiero decir, he llegado al clímax en otras ocasiones, pero no acostándome con un chico.

–¿Quieres decir que lo has disfrutado cuando tú...?

–Sí, conmigo misma.

Sidonie lo miró y se fijó en que sus ojos se habían oscurecido. Cada vez se sentía más avergonzada.

–¿Podemos dejar de hablar de esto? –Sidonie intentó cubrirse con la sábana, pero Alexio se lo impidió.

Cuando la abrazó de nuevo, ella gimió de placer.

–Me alegro de que me lo hayas dicho –dijo él–. Y esos chicos eran unos idiotas.

Alexio la tomó en brazos y la llevó hasta la ducha. La dejó en el suelo y, sin dejar de abrazarla, se inclinó para abrir el grifo.

Era maravilloso sentir el agua caliente sobre la piel, y las manos enjabonadas de Alexio recorriéndole el cuerpo. Sobre los pechos, el vientre, la entrepierna y el trasero. Sus caricias no eran extremadamente sexuales, pero ella se percató de que él sufría una erección y se estremeció.

Se apoyó sobre la pared y lo miró. Estaba muy cansada y parecía que él se había dado cuenta porque momentos más tarde cerró el grifo y la envolvió en una toalla. Después, le recogió el cabello y se lo cubrió con otra toalla a modo de turbante.

Alexio la tomó en brazos otra vez, y Sidonie protestó:

—Puedo ir andando —dijo, aunque realmente no estaba segura.

Alexio retiró la colcha y la tumbó en la cama. Sidonie se esforzaba para mantener los ojos abiertos.

—El pelo se me va a quedar todo crispado... —se quejó medio dormida.

Alexio la cubrió con la colcha.

—Shh, estará bien. Ahora necesitas descansar. Volveré enseguida —la besó en la frente.

Sidonie abrió los ojos un instante y vio que él se ponía los vaqueros, pero que no se los abrochaba antes de salir de la habitación. Después, no pudo luchar más y se sumió en un dulce sueño.

Capítulo 5

ALEXIO se sirvió una copa de whisky y se percató de que le temblaban las manos. No había sido una buena idea ducharse con Sidonie, porque acariciar su cuerpo de nuevo después de haber hecho el amor con ella había sido una tortura.

Y había tenido que hacer un gran esfuerzo para dejarla sola en la cama, a pesar de que ella estaba medio dormida.

Sexo. Solo había sido sexo. Alexio lo sabía todo acerca del sexo. Lo había disfrutado desde que la hermana de un amigo de su hermano mayor lo había seducido cuando tenía quince años.

Sin embargo, lo que había experimentado esa noche con la mujer a la que acababa de conocer horas antes, no se parecía en nada a lo que él conocía. Se había quedado impresionado. Y eso que no habían hecho nada muy atrevido, aparte de un pequeño striptease durante la partida de billar. Era evidente que Sidonie no era muy experta.

Alexio se estrujó el cerebro para intentar comprender por qué se había excitado tanto con una mujer así. ¿Solo porque era una novedad?

En el fondo sabía que era algo más. Y odiaba admitirlo. Alexio se bebió el whisky de un trago para ver si podía calmar el deseo que se estaba forjando otra vez en su interior.

Cuando regresó a su habitación, vio que Sidonie se había tumbado boca abajo. La sábana apenas le cubría el trasero y no pudo evitar que se le hiciera la boca agua. La toalla que llevaba en la cabeza se le había caído y los mechones rojizos se extendían sobre la sábana.

Alexio cerró los puños. No podía acercarse a aquella cama y no despertarla para hacerle el amor otra vez. Se volvió en silencio y se dirigió hacia su despacho, donde intentó distraerse trabajando un poco.

Después de pasar un rato mirando la pantalla sin ver más que el recuerdo de la expresión del rostro de Sidonie cuando él la penetró por primera vez, se pasó las manos por el rostro. Era una locura. Estaba destrozado. Deseaba a Sidonie otra vez.

Cuando regresó al dormitorio, vio que ella se había movido y estaba tumbada boca arriba y que la sábana apenas le cubría los senos. Ella se movió una pizca, como si notara que él había entrado. Alexio se acercó a la cama y se fijó en sus pestañas oscuras y en sus labios sensuales. Tuvo que contenerse para no besarla.

–Hola...

Su voz ronca lo sobresaltó. Ella abrió los ojos, adormilada, y él notó un nudo en el estómago. Lo que había sucedido no era diferente a nada de lo que había hecho antes. Quizá, un poco más intenso... Con más química. Eso era todo.

–Hola... ¿Te importa si te acompaño?

Sidonie negó con la cabeza, y Alexio se quitó los pantalones para meterse en la cama. Una vez dentro, Sidonie se acercó a él y lo abrazó. Sus cuerpos encajaban a la perfección. Alexio abandonó cualquier intento de analizar lo que le estaba sucediendo, ya que el deseo que lo invadía por dentro era demasiado intenso como para resistirse.

–Quiero que vengas a Grecia conmigo.

Sidonie se encontraba en el paraíso. Un paraíso en el que se encontraba en paz y con una sensación de bienestar que nunca había experimentado antes.

–Sid... Despierta.

«Sid». Nadie la había llamado así antes. Le gustaba. Notó que la besaba en los labios y lo besó también. El deseo la invadió por dentro una vez más.

Abrió los ojos y vio el torso desnudo de Alexio y su rostro atractivo. Pestañeó. Era de día, y Alexio estaba apoyado sobre uno de sus codos, mirándola. La barba incipiente cubría su mentón, y ella recordó el roce de su piel en su entrepierna. Al instante, su cabeza se llenó de imágenes eróticas y tuvo que respirar hondo para calmarse.

Recordaba que él la había despertado por la noche para hacerle el amor una vez más, demostrándole que la primera vez solo había sido una muestra de lo que podía ser. Nunca había imaginado que podía llegar a ser tan placentero y agradable. Se sentía diferente.

Alexio estaba esperando a que contestara.

–¿Qué has dicho?

Alexio le acarició el vientre bajo la sábana, y ella se estremeció. Después, le cubrió un pecho con la mano y jugueteó con su pezón.

–He dicho que quiero que vengas a Grecia conmigo. Tengo una casa en Santorini y he decidido tomarme unos días libres...

Sidonie negó con la cabeza de forma instintiva, pero Alexio retiró la mano de su pecho y le sujetó la barbilla.

–Ya hemos pasado por esto, Sid... Ya sabes lo que pasa si me dices que no.

Sid. Al pronunciar su nombre de esa manera hacía que ella se sintiera como si lo conociera desde hacía mucho tiempo y no solo desde veinticuatro horas antes.

–Me dijiste que no tienes trabajo, así que, ¿por qué no puedes alargar tu viaje unos días? Ven conmigo y te enseñaré el paraíso.

Él inclinó la cabeza para besarla y, al instante, ella no pudo seguir pensando con claridad. Alexio se colocó entre sus piernas, y ella notó su miembro erecto. Sidonie se derritió por dentro. No estaba preparada para separarse de él... Deseaba continuar con aquella fantasía.

Lo rodeó por el cuello y separó más las piernas para acomodarlo mejor. Cuando él dejó de besarla, justo antes de penetrarla, lo miró y le dijo:

–Está bien... Iré contigo.

Alexio Christakos era como un mago. Apenas veinticuatro horas después de conocerla ya había conseguido que aceptara acompañarlo a una isla de otro país. Un lugar donde todo estaba pintado de blanco y azul, donde el sol brillaba con fuerza y el mar se extendía hasta el horizonte, donde se podían ver otras islas en la distancia.

Alexio la agarró de la mano y le mostró la preciosa casa que tenía en la Costa Noroeste de Santorini. Ella tenía el cuerpo dolorido después de haber pasado la noche haciendo el amor y, temía que, si seguía pensando en ello, explotaría... Cuando entraron en el dormitorio principal, y vio que tenía una terraza con piscina, tuvo que morderse el labio para no exclamar de asombro.

Él la miró y dijo:

—Sabía que no habrías venido preparada, así que puedes utilizar la ropa que hay ahí.

Sidonie lo miró mientras abría las puertas de un vestidor. Su ropa estaba colgada en el lado izquierdo y, en el derecho, había una gran variedad de ropa de diferentes tejidos y colores.

Sidonie sintió un curioso dolor en el pecho. Era normal que Alexio tuviera un armario lleno de ropa de mujer. Aquella casa debía de ser un lugar al que habitualmente llevaba a sus amantes. Era un hombre generoso, y ella estaba segura de que muchas de esas prendas estarían sin estrenar.

Para disimular su reacción, Sidonie se acercó y tocó una prenda de seda.

Aquella experiencia era algo temporal. Tenía que dejar de pensar en lo amable que había sido con ella durante el vuelo a Atenas en su jet privado, distrayéndola con sus besos para que no tuviera miedo durante el vuelo. O en lo que le había dicho durante el vuelo en helicóptero hasta la isla, que en lugar de incrementar sus temores había provocado que se entusiasmara.

Sidonie se esforzó en sonreír y dijo:

—Bueno, al menos no tendré que preocuparme de lavar mi ropa interior en el lavabo. Estoy segura de que tu ama de llaves se quedaría horrorizada.

Lo miró y vio algo diferente en su mirada, pero, antes de que pudiera pensar en ello, él le acarició el cabello y la besó de forma apasionada.

Cuando se separaron, ambos respiraban de forma acelerada, y a Sidonie le temblaba todo el cuerpo. No estaba acostumbrada a ese tipo de reacción. Se sentía vulnerable, como si fuera una marioneta que él podía manejar a voluntad.

–Cámbiate y vamos a darnos un baño.

Sidonie se excitó solo con imaginar a Alexio semi-desnudo.

–De acuerdo –contestó ella.

Y cuando él la giró y la empujó con suavidad hacia la ropa que estaba colgada, Sidonie trató en vano de aplacar las emociones que provocaban que le temblaran las manos mientras buscaba la prenda adecuada.

Sidonie rodeó la cintura de Alexio con las piernas y se agarró a su cuello. Ambos tenían la piel mojada y salada porque acababan de bañarse en la playa que estaba debajo de la casa y a la que se accedía por unos escalones de piedra. Alexio le sujetó las piernas mientras la llevaba a caballito escaleras arriba.

–No soy una mula, ¿sabes? –bromeó él.

Ella sonrió y lo besó en el cuello.

–Lo sé. Eres mucho más atractivo que una mula, y mucho más cómodo –apoyó la cabeza en su hombro.

Habían pasado tres días desde que llegaron a la isla. Tres días de sol, mar y... Sidonie se sonrojó al pensar en el sexo maravilloso que habían compartido.

Solo había salido de la casa en una ocasión. El día anterior, Alexio la había llevado en un barquito hasta la Caldera, donde la sorprendió con una cena ligera con vino incluido. Desde allí, contemplaron una impresionante puesta de sol, y Sidonie se sorprendió porque nunca había visto nada igual.

Se sentía abrumada por tanta belleza, y por la maravillosa experiencia que estaba viviendo junto a aquel hombre, cuando su vida estaba a punto de cambiar. Intentaba almacenar cada recuerdo, para revivirlos cuando todo terminara.

El ama de llaves preparaba la comida durante el día, así que Alexio y ella no habían hecho más que comer, dormir y hacer el amor. Sidonie se sentía saciada, pero incompleta a la vez.

La conversación con Alexio nunca iba más allá de lo superficial, como si el nivel de intimidad que habían compartido al principio de conocerse hubiese desaparecido.

¿Y qué esperaba? Aquello era algo transitorio. Alexio no mantenía relaciones serias, y ella tampoco estaba en condiciones de engancharse sentimentalmente con un hombre.

Sidonie se había percatado de que la única manera de sobrevivir a aquello era intentar engañar a Alexio haciéndole pensar que lo que estaba sucediendo entre ellos no era nada especial para ella, por tanto estaba haciendo todo lo posible por aparentar indiferencia.

Sidonie temía que, si bajaba la guardia durante un instante, él pudiera percibir lo que sentía en realidad, cuando ni siquiera ella estaba preparada para enfrentarse a sus sentimientos.

—Esta noche quiero salir contigo.

Sidonie murmuró algo, apoyó la mejilla sobre el pecho de Alexio y colocó una pierna sobre sus muslos. Él notó que su cuerpo reaccionaba al instante y se sorprendió. ¿Cuándo dejaría de excitarse a su lado?

Después de bañarse en el mar, él la llevó directamente hasta la ducha que tenía en la terraza, junto a la piscina. El agua fría no había hecho nada para calmar su deseo y, momentos más tarde, Sidonie estaba entre sus brazos. Inevitablemente, acabaron en la cama.

Alexio intentó no pensar en ello porque se sentía incómodo.

–¿Me has oído, Sid? Esta noche quiero salir.

Sidonie levantó la cabeza y lo miró con el cabello alborotado.

–Igual tienes que llevarme a caballito otra vez.

–No. No vas a tentarme otra vez. Fingiremos que somos personas civilizadas si no aguantamos más.

Sidonie se movió una pizca y se colocó sobre Alexio con las piernas a cada lado de su cuerpo. Sus senos le rozaban el torso desnudo, provocando que él sufriera otra erección.

Ella movió el trasero para que su miembro rozara su entrepierna humedecida por el deseo. Y así, Alexio tuvo que abandonar la idea de fingir que podían comportarse como adultos civilizados.

Él la sujetó por las caderas y la movió una pizca hacia atrás para penetrarla. Sidonie suspiró y comenzó a mover las caderas contra él.

–Eres una bruja... –murmuró Alexio, antes de que ambos se entregaran al inevitable camino hasta el éxtasis.

Alexio estaba esperando a que Sidonie saliera de la casa después de vestirse para salir esa noche. Habían visto la puesta de sol desde una tumbona junto a la piscina, después de haber hecho el amor otra vez. El cielo se había tornado de color naranja y rosa y empezaban a verse las luces de la Costa Oeste de Santorini.

Sin embargo, Alexio se mostraba indiferente. Cada

vez se sentía más expuesto y vulnerable. La última vez que se había sentido así había sido de niño, frente a su madre, cuando ella le había contagiado su cinismo. Desde entonces, había formado parte de su coraza. Era como su segunda piel, y todo lo que le había sucedido en la vida había corroborado su punto de vista.

Nada más rechazar la herencia, sus supuestos amigos lo habían abandonado, aparte de un par de personas y su hermano. Después, en cuanto volvió a dar muestras de estar forjando una fortuna, reaparecieron en su vida.

Después de aquello, nunca le había vuelto a sorprender nada más. Hasta que conoció a Sidonie. Ella lo había sorprendido. Era como un derviche que se llevaba a su paso lo que tenía por delante arrastrándolo a él. Alexio no había pensado en tomarse unos días de vacaciones hasta que despertó a su lado en Londres y se sintió invadido por el deseo.

No podía dejarla marchar.

Ya sabía que una noche no iba a parecerle suficiente, pero se sentía como si tampoco fuera capaz de saciarse aunque estuviera un mes entero con ella. Ligeramente asustado, Alexio había decidido que lo mejor era llevarla de viaje para poder saciar su deseo día y noche hasta que se calmara.

Sin embargo, aquella era la tercera noche y se sentía como si fuera a necesitar una vida entera. Había hecho todo lo posible para mantenerla a distancia, evitando cada intento de los que ella hacía para que se relajara y le dijera lo que estaba pensando. No obstante, cada vez le parecía más difícil.

Nunca había conocido a una mujer tan impulsiva y cariñosa. Pero no le parecía nada agobiante. Ella trababa de contenerse y de mostrarse indiferente.

Alexio no había podido evitar mostrarse suspicaz. Recordaba que el día que le mostró el armario de ropa había esperado que ella mostrara asombro, sorpresa y gratitud. Sus amantes más cínicas nunca habían fallado a la hora de fingir sorpresa cuando él les hacía un regalo. Sin embargo, Sidonie se había mostrado completamente indiferente, y desde entonces él se había quedado desconcertado.

A veces, ella era como un libro abierto; otras veces, se volvía una mujer misteriosa.

Alexio odiaba pensar en que desde el momento en que había conocido a Sidonie había empezado a comportarse de manera extraña. Nunca le había pedido a una mujer que pasara la noche en su apartamento, aunque hubieran cenado allí. Y, desde luego, nunca se había tomado unos días libres sin tenerlo planificado.

Todo ello había hecho que Alexio se pusiera en contacto con su abogado y amigo, una de las pocas personas que había permanecido a su lado durante sus tiempos difíciles, para pedirle que investigara el pasado de Sidonie.

Su amigo se había reído.

—Creía que solo hacías eso cuando querías comprar otra empresa o conocer los puntos débiles de un adversario. ¿Ahora también incluyes a tus amantes?

—Hazlo sin más, Demetrius. No quiero hablar sobre ello —contestó él, con un tono más cortante de lo que pretendía.

A pesar de sentirse un poco culpable por lo que había hecho, cuando colgó el teléfono, Alexio se sentía como si hubiera recuperado el control de su vida.

Sin embargo, cuando se volvió al oír un ruido, lo perdió enseguida. Sidonie había salido a la terraza y, al verla, Alexio se quedó sin respiración.

El vestido que llevaba era de seda de color naranja. Tenía un único tirante y, por tanto, uno de sus hombros quedaba al descubierto. También tenía un corte horizontal en la cadera que dejaba ver la curva de su cintura. El vestido le llegaba hasta las rodillas, pero una de sus piernas quedaba al descubierto gracias a un corte vertical en la prenda.

A pesar de que no llevaba nada muy distinto a lo que se habían puesto sus otras amantes, Alexio tuvo que contenerse para no decirle que fuera a cambiarse de ropa. Como si fuera un padre protector, o un amante celoso, imaginándose el efecto que tendría sobre los otros hombres.

–¿Este vestido está bien? –le preguntó Sidonie frunciendo el ceño.

–Ven aquí –dijo él.

Sidonie se acercó a Alexio, y él tuvo que contenerse para no gemir de deseo. Ella llevaba el cabello suelto sobre los hombros. Su piel ya se había tostado con el sol y las pecas que tenía en la nariz y en las mejillas se notaban todavía más.

Alexio colocó la mano sobre su nuca y comentó:

–Estás preciosa.

–Gracias –dijo Sidonie–. Tú también estás muy atractivo.

Alexio estaba acostumbrado a los cumplidos, pero nunca le parecían sinceros. Sin embargo, el de ella sí. Le agarró la mano y la guio hasta el garaje donde guardaba su deportivo, uno de los modelos de su hermano.

Era un descapotable, y Sidonie silbó de admiración antes de meterse en el vehículo. Alexio le sujetó la puerta tratando de no fijarse en su pierna desnuda.

«Maldita sea», pensó. Quizá no era tan mala idea que le pidiera que se cambiara de ropa.

Rodeó el vehículo y se colocó al volante para conducir hacia la animada noche de la ciudad de Fira.

Durante el trayecto, Sidonie recordó lo protector que se había mostrado Alexio con ella durante el día, asegurándose de que se pusiera una crema con protección solar.

—¡Quiero ponerme morena! —había protestado Sidonie.

Alexio la había retenido en la tumbona mientras le extendía la crema por el cuerpo.

—No quiero que te estropees la piel.

Después, ella no había tenido fuerza de voluntad para resistirse a sus caricias y...

—¿Tienes frío? —le preguntó él mirando a la carretera.

Sidonie se sonrojó y negó con la cabeza.

—No, estoy bien. Me gusta el aire fresco.

—Debería haberte dicho que trajeras una chaqueta. En esta época, todavía hace frío por la noche.

Sidonie sonrió.

—No puedes evitarlo, ¿verdad?

—¿El qué?

—Ser protector. Estoy segura de que también eras así con tu madre.

Alexio resopló. Sidonie lo miró y vio que estaba tenso.

—Mi madre no necesitaba que la protegieran. Ni mucho menos —dijo él, con frialdad.

Sidonie frunció el ceño.

—¿Por qué dices eso? ¿Cómo era ella?

Alexio se puso todavía más tenso.

–Era una mujer reservada. No necesitaba a nadie.

–Todo el mundo necesita a alguien, aunque no quiera admitirlo. Hablas como si fuera una mujer solitaria.

–Quizá lo era –dijo él, justo cuando llegaron a la ciudad–. Pero no quiero hablar de mi madre cuando tenemos muchas cosas más emocionantes de las que hablar, como, por ejemplo, dónde voy a llevarte a bailar.

Sidonie comprendió enseguida que Alexio no estaba dispuesto a hablar del tema. Pensó en su oscuro pasado y en cómo no le gustaría que Alexio se enterara de lo que había sucedido, y decidió que quizá era mejor que no compartieran ese tipo de intimidades.

Se volvió y miró hacia las luces de la ciudad.

–¡Qué bonito!

Alexio estaba aparcando el coche frente a un hotel, y Sidonie vio que un joven se acercaba a ellos.

–Tendremos que ir caminando desde aquí. Las calles son todas peatonales –le explicó Alexio al salir del coche.

Alexio le entregó las llaves al joven y rodeó el coche para ayudar a salir a Sidonie. Ella le dio la mano, sintiéndose insegura con la idea de que la vieran en público con él.

Alexio se volvió para hablar con el joven en griego, y Sidonie vio que el chico se ponía pálido. Cuando se alejaron, ella le preguntó:

–¿Qué le has dicho?

Alexio sonrió.

–Le he dicho que, si cuando volvamos el coche está arañado, le romperé las piernas.

–Uy... –contestó Sidonie–. Creo que se lo has dejado bastante claro. No serías capaz de romperle las piernas, ¿verdad?

Alexio lo miró horrorizado.

—Por supuesto que no, ¿por quién me has tomado? Solo le he dicho que se pasaría pagándome el resto de su vida.

Sidonie agarró el brazo de Alexio con la mano que tenía libre y dijo:

—Eso es mucho mejor que lo de romperle las piernas.

Alexio se detuvo un instante y la miró. Notaba sus senos contra el brazo y tuvo que apretar los dientes. Todavía estaba tenso después de las preguntas que ella había hecho acerca de su madre... «Hablas como si fuera una mujer solitaria».

Lo cierto era que Alexio siempre había tenido la sensación de que su madre se sentía muy sola, y no le gustaba el hecho de que los comentarios de Sidonie le hubieran recordado que él no había sido capaz de proteger a su madre porque ella nunca lo permitió. Ni siquiera cuando lo necesitaba.

Se obligó a no pensar en ello. Estaban en una calle estrecha llena de joyerías, y Sidonie se había detenido frente a un escaparate.

Ella suspiró y miró a Alexio con una sonrisa.

—He de admitir que me encantan los objetos brillantes. Mi padre solía decirme que era como una urraca, obsesionada con todo lo que brilla. Solía coleccionar los objetos más dispares. Los guardaba en una caja en mi habitación y luego los sacaba para verlos.

Sidonie miró de nuevo el escaparate, y Alexio no pudo evitar que se le erizara el vello de la nuca. Se sentía ligeramente decepcionado. Eso era a lo que estaba acostumbrado. A las mujeres que buscaban algo. Y aunque Sidonie no se parecía a las demás, ¿no buscaba lo mismo que ellas? Estaba insinuando que le encantaban las joyas y que esperaba que él le regalara alguna.

Ella lo miró y frunció el ceño, como si hubiese visto algo en su mirada.

–¿Qué pasa?

–Nada –disimuló él–. El club está un poco más adelante.

Capítulo 6

SIDONIE se sentía como si hubiese hecho algo malo. Y estúpida por haber comentado que le encantaban los objetos brillantes. Era algo que había heredado de su madre y no le gustaba recordarlo. Sobre todo cuando en el fondo sabía que no era como la afición que su madre tenía por las joyas de verdad. Durante la limpieza que hicieron en la casa, después de que muriera su padre, encontró el joyero de su juventud. Estaba lleno de objetos de diez céntimos y botones. Todo un tesoro.

Sidonie intentó aplacar la inquietud que la invadía por dentro y siguió a Alexio a través de una puerta misteriosa. Un hombre con traje negro los dejó entrar.

Sidonie apretó la mano de Alexio, y él la miró. Ella se sintió aliviada al ver que su expresión ya se había relajado y que volvía a tener la sonrisa sexy de antes.

Un poco más adelante había otra puerta adornada con cortinas blancas. Una mujer muy atractiva salió a recibirlos con un vestido corto y entallado de color negro.

Sidonie se tropezó al verla, y Alexio la sujetó:

–¿Estás bien?

Sidonie asintió, todavía afectada por la belleza de aquella mujer griega que saludaba a Alexio besándolo afectuosamente en cada mejilla, demasiado cerca de los labios. No pudo evitar sentirse celosa.

La mujer miró a Sidonie con frialdad y continuó hablando con Alexio en griego.

Alexio le contestó en inglés y dijo:

–He estado demasiado ocupado como para regresar. Esta es Sidonie. Sidonie, ella es Elettra.

Sidonie sonrió, pero la otra mujer no. Era como lo que había sucedido con la azafata. En lugar de sentirse triunfadora por estar junto al hombre que todas deseaban, Sidonie se sentía insegura.

Sin embargo, al ver el interior del local, Sidonie dejó de pensar en todo aquello. El lugar era sobrecogedor y estaba iluminado con miles de antorchas. Una barra enorme cubría toda la pared. Había una pista de baile y espacios reservados alrededor. La gente iba muy elegante. La música funky sonaba a todo volumen. El ambiente era selecto.

Elettra los guio hasta un reservado desde el que se veía todo el local y la planta baja. Al instante, una camarera se acercó a tomar nota de las bebidas. Iba vestida con unos pantalones cortos y una blusa blanca muy escotada.

Sidonie se sentía completamente fuera de lugar.

Alexio pidió las bebidas y miró a Sidonie.

–Bueno, ¿qué te parece?

Sidonie soltó una risita.

–«Creo que ya no estamos en Kansas, Toto».

Alexio la miró con el ceño fruncido, y Sidonie le explicó que era un fragmento de *El mago de Oz*.

–Esto es otro mundo. Nunca había visto nada parecido. Yo estoy acostumbrada a los bares de estudiantes.

La camarera apareció con una bandeja llena de aperitivos y una botella de champán. Sidonie respiró hondo y resopló. No se había dado cuenta de lo hambrienta que estaba. Al ver que Alexio la miraba divertido, comentó:

—Te hace gracia que tenga tanto apetito, ¿verdad?

Él se encogió de hombros, untó un poco de *tzatziki* en pan de pita y se lo entregó. Ella se lo comió encantada y bebió un poco de champán.

—Podría acostumbrarme a todo esto –bromeó.

Cuando miró a Alexio, se percató de que la miraba con una expresión enigmática. Era esa mirada. La que hacía que pareciera que él estaba hambriento, pero no de comida.

—Quiero bailar contigo.

Sidonie se tragó lo que tenía en la boca. La idea de bailar con aquel hombre había hecho que se le quitara el hambre de golpe.

—De acuerdo...

Alexio se puso en pie y le tendió la mano a Sidonie para llevarla hasta la pista. Una vez allí, la tomó entre sus brazos y ella le rodeó el cuello.

Él colocó una mano sobre su trasero y metió la otra por el corte de la cintura para acariciarle la espalda. ¿Cómo pretendía que ella se sostuviera en pie si la acariciaba de esa manera? Sidonie lo miró a los ojos mientras se movían al ritmo de la música y, una vez más, se percató de que él la había cautivado.

Era como si Alexio hubiese traspasado todas sus corazas y hubiese alcanzado su corazón. Estaba enamorándose de él y era demasiado tarde para evitarlo.

Alexio la estrechó contra su cuerpo y notó la presión de sus senos redondeados contra el torso. Al instante, sufrió una erección. «Maldita sea», pensó. No estaba acostumbrado a perder el control de esa manera.

Deseando castigarla sin saber muy bien por qué, le

sujetó la cabeza por detrás y la besó de manera apasionada.

Sidonie no respondió al instante, como si se estuviera conteniendo por algo. Eso hizo que Alexio tuviera que emplear todos sus recursos, y cuando consiguió que respondiera, se incendió por dentro.

Durante unos momentos, intentó separarse de ella. Se sentía mareado. La música era más rápida y la gente bailaba a su alrededor. Eran los únicos que estaban quietos. Sidonie abrió los ojos, y Alexio se percató de que había una mezcla de emociones en su mirada. Esperó que un sentimiento de frialdad se apoderara de él, pero no fue así.

Regresaron al reservado y se sentaron. Alexio bebió un sorbo de champán, pero no sirvió de mucho. No podría actuar como un hombre civilizado mientras Sidonie estuviera a su lado con ese provocativo vestido.

La agarró de la mano, y ella lo miró. Tenía los labios hinchados y las pupilas dilatadas.

–Salgamos de aquí...

–Acabamos de llegar –repuso ella.

–Si no quieres irte, podemos quedarnos, pero...

–¿Por qué quieres marcharte? –preguntó ella.

–Porque me temo que, si no nos vamos, me arrestarán por hacerte el amor en un lugar público y, que yo sepa, este no es un club donde se practica el sexo.

–Ya... –murmuró Sidonie. Bebió un sorbo de su copa y lo miró–. En ese caso, será mejor que nos vayamos.

Aliviado, Alexio la agarró de la mano y la guio hasta la salida.

El trayecto de regreso fue una tortura. Sidonie era perfectamente consciente de la tensión sexual que invadía el vehículo y reconocía que estaba deseando salir del club tanto como él.

Alexio la miró un instante y levantó el brazo para que ella se acercara a él. Sidonie no lo dudó y apoyó la cabeza en su torso. Alexio metió la mano por el corte del vestido y le acarició los senos, pellizcándole uno de los pezones.

Sidonie comenzó a respirar de forma acelerada. Y, además, tenía húmeda la entrepierna.

Cuando llegaron al garaje y él apagó el motor del coche, Sidonie tuvo que hacer un gran esfuerzo para separarse de Alexio.

—¿Dónde crees que vas?

Sidonie lo miró.

—¿Dentro? —contestó, imaginándose la cama enorme.

Alexio negó con la cabeza y echó el asiento hacia atrás.

—No puedo esperar. Quítate la ropa interior.

Sidonie se quedó asombrada al ver que él se estaba desabrochando el cinturón. Iban a hacerlo allí mismo. Sidonie obedeció y se quitó la ropa interior.

Alexio la colocó a horcajadas sobre su regazo y le bajó el tirante del vestido para poder besarle los pechos y los pezones.

Ella gimió y le sujetó la cabeza. Comenzó a mover las caderas y notó el bulto de su entrepierna bajo la tela de los pantalones. Se incorporó una pizca y suspiró aliviada cuando notó el miembro desnudo contra su piel.

Cuando él la penetró, Sidonie escuchó el sonido mezclado de sus respiraciones. Notaba el volante contra su espalda y la palanca de cambio contra la rodilla, pero no le importaba. Ambos estaban tan excitados que llegaron al orgasmo enseguida. Después, Sidonie permaneció recostada sobre él, incapaz de pensar en nada.

Al amanecer, Sidonie despertó con la mejilla apoyada sobre el torso de Alexio. A pesar de que la noche anterior habían hecho el amor en el coche, nada más llegar a casa, el deseo que sentían el uno por el otro no había disminuido.

Ella sabía que él también estaba despierto porque notaba tensión en su cuerpo. Sidonie no quería apartarse de aquel hombre, ni de aquel lugar. Momentos después, volvió a la realidad y se sintió culpable al pensar en *tante* Josephine. Por supuesto, no podía pretender que su tía se hiciera cargo de las deudas en las que había incurrido su madre.

Suspirando, se acurrucó contra Alexio y se estremeció.

—¿Qué pasa?

Sidonie negó con la cabeza y susurró:

—Nada —«todo», pensó.

Recordó la pregunta que llevaba tiempo rondando en su cabeza y decidió formularla.

—¿Puedo preguntarte una cosa?

—¿Tengo elección? —preguntó él.

—En realidad no —dijo ella—. ¿Por qué rechazaste tu herencia para labrarte tu propio camino?

Sidonie le había preguntado lo mismo la primera noche, pero él había cambiado de tema con facilidad. Ella esperaba que Alexio hiciera lo mismo en esa ocasión, pero, para su sorpresa, él suspiró y dijo:

—¿Sabes que si te lo cuento tendré que matarte?

Sidonie asintió.

—Lo sé. Sin embargo, considero que ya he hecho

muchas cosas durante mis veintitrés años y que estoy preparada para marcharme, si es necesario.

Alexio le acarició el cabello y añadió:

—Una lástima, pero si estás segura...

—Estoy segura.

Alexio se encogió de hombros y dijo:

—No es muy emocionante.

—Me tiene intrigada. No hay mucha gente que rechazaría una herencia del tamaño de la de Onasis.

Alexio puso una mueca.

—Se exageró mucho acerca del tamaño de la herencia.

Sidonie permaneció en silencio.

—Soy el único hijo de mi padre. Aunque mi hermanastro se crio con nosotros, mi padre solía amenazarlo diciéndole que no iba a recibir ningún dinero de él. A mí siempre me molestó la falta de generosidad de mi padre y la manera en que ejercía su poder sobre los demás, pero comprobé que gracias a ello mi hermano desarrolló la capacidad y la voluntad de prosperar por su cuenta. Yo lo envidiaba porque no estaba limitado como yo. Atado a las expectativas de mi padre. Él intentaba enfrentarnos continuamente.

Alexio puso una mueca.

—Por supuesto, eso no favoreció nuestra relación, y se puede decir que, cuando mi hermano se marchó de casa, nos odiábamos. Mi padre daba por hecho que yo me implicaría en su imperio. Nunca me escuchó lo suficiente como para saber que yo no tenía ningún interés en su negocio de transporte. Ni siquiera le correspondía. Él era el segundo hijo y su hermano había fallecido muy joven, dejándolo como heredero. Su propio padre no quería que fuera para él, pero mi padre se adueñó del negocio y echó a mi abuelo en cuanto tuvo oportunidad.

–Eso es tan...

–¿Despiadado? –la interrumpió Alexio.

Sidonie asintió.

–A eso se dedica mi padre. A arrebatar cosas. Quería que yo me uniera a él, pero no como un igual, como alguien a quien pudiera controlar –suspiró–. Entretanto yo vi cómo mi hermano Rafaele sacaba adelante su propio negocio y decidí que, si él podía hacerlo, yo también.

–Entonces, ¿te negaste a seguir los pasos de tu padre cuando él esperaba que lo hicieras?

Alexio miró a Sidonie a los ojos y se sintió capaz de contarle todos sus secretos. Era peligroso. Demasiado peligroso.

–Le dije que no, y me marché. Él me desheredó y aquí estoy.

–Y probablemente hayas tenido más éxito que él...

Alexio se sorprendió de su comentario, pero era verdad. Lo que no le contó era que el éxito no le había dado ninguna satisfacción en lo que a su padre se refería. Nunca le había importado superar a su padre, lo que quería era distanciarse de él porque temía tener la misma falta de control emocional en su vida. O ser igual de ambicioso y no poder experimentar la satisfacción de conseguir las cosas por sí mismo, igual que había hecho su hermano. Temía no ser capaz de salir de aquella casa llena de tensión y odio. De violencia.

De pronto, se sintió helado por dentro.

En ese momento, sonó el teléfono móvil que tenía sobre la mesilla. Lo miró y, al ver que tenía un mensaje de texto de su abogado, lo leyó:

Tengo información sobre la señorita Fitzgerald. Llámame en cuanto puedas. D.

–¿Qué ocurre? –preguntó Sidonie preocupada.

Alexio dejó el teléfono y la miró:

–Nada importante –contestó, deseando no haber leído el mensaje.

Se incorporó para colocarse sobre ella, notando un fuerte deseo al mirar sus senos desnudos. Sus labios sensuales eran muy tentadores, y Alexio inclinó la cabeza y la besó para no tener que pensar en nada durante un rato.

–¿Qué has dicho? –preguntó Alexio.

Estaba perplejo. Su cuerpo todavía recordaba el placer que había experimentado al hacer el amor con Sidonie y su cerebro no era capaz de asimilar aquella información.

El abogado repitió sus palabras.

–Su madre estuvo dos años en la cárcel.

–¿En la cárcel? ¿Por qué?

Demetrius suspiró.

–Ojalá no tuviera que decirte esto. Su madre estaba acusada por acosar y chantajear a su amante, un hombre casado. Lo hizo durante años. Al parecer, consideraba que su marido, el padre de la señorita Fitzgerald, no se esforzaba lo suficiente para que ella pudiera mantener el nivel de vida al que se había acostumbrado. Sin embargo, sí parece que hacía todo lo posible para mantener a su esposa y a su hija con un nivel de vida desahogado.

Alexio trató de asimilar la sorpresa. Aquella información no era agradable, pero tampoco implicaba a Sidonie.

–Cuando su madre salió de la cárcel, ellos se mudaron a otra parte del país para evitar el escándalo, y el negocio del padre de la señorita Fitzgerald comenzó a florecer. Sidonie fue a una de las mejores escuelas de la zona, tenía un poni... Su madre aparecía a menudo en los círculos de la alta sociedad... ropa de diseño y joyas. Consiguieron mantener en secreto su pasado. Y cuando el mercado inmobiliario colapsó, el negocio de su padre fue detrás y lo perdieron todo.

–¿Has terminado, Demetrius? Creo que he oído suficiente.

–No, creo que deberías oír el resto. Después de la muerte del señor Fitzgerald, su esposa regresó a París para vivir con su hermana pequeña.

–Demetrius...

–Alexio, he descubierto más cosas gracias a unos colegas de París y tienes que oír el resto... La madre de Sidonie convenció a su hermana para que hipotecara el piso que su marido había comprado años antes. También utilizó las tarjetas de crédito que estaban a nombre de su hermana. Murió dejando tantas deudas a nombre de la otra mujer que nunca podrá recuperarse.

Alexio se sentía enojado.

–¿Y qué tiene que ver todo esto con Sidonie?

–¿La conociste cuando regresaba a casa desde París?

–Sí –contestó Alexio.

–Pues acababa de firmar unos documentos para responsabilizarse de todas las deudas que están a nombre de su tía. Ahora, deja que te pregunte una cosa, ¿te ha dado algún indicio acerca de que es una mujer que arrastra una gran carga económica? Si no, tendrás que preguntarle por qué se comporta como si no pasara nada.

Sidonie despertó de nuevo y, al ver que estaba sola en la cama, se le formó un gran nudo en el estómago. Algo iba mal. Estaba segura de ello.

Levantó la cabeza y miró a su alrededor. Alexio no estaba por ningún sitio. ¿Habría ido a darse un baño? Era un buen nadador y le encantaba ir al mar.

Sidonie salió de la cama y se dirigió al baño para darse una ducha. Al salir se secó con una toalla y se acercó al vestidor. Al ver la ropa colgada, no pudo evitar pensar en las otras mujeres, pero no tenía derecho a sentirse celosa.

Sacó unos pantalones cortos y un top de color verde. Se vistió y decidió salir en busca a Alexio. Cuando se disponía a salir del dormitorio, oyó que sonaba su teléfono móvil. Lo sacó del fondo de su bolso y vio que era su tía. Se sentó en el borde de la cama y contestó en francés. Al momento, oyó que su tía lloraba desconsoladamente.

Sidonie se puso en pie.

–*Tante* Josephine, ¿qué ocurre? Por favor, deja de llorar... –Sidonie le aconsejó que respirara despacio y poco a poco su tía se calmó.

Al parecer, durante las vacaciones alguien se había enterado de los problemas económicos de *tante* Josephine y la había asustado contándole toda clase de historias acerca de condenas de cárcel por no pagar las deudas. Era normal que su tía estuviera histérica.

Daba igual lo que Sidonie dijera porque su tía estaba a punto de tener otro ataque de ansiedad. Desesperada, Sidonie se estrujó el cerebro para decirle algo con lo que pudiera calmarla. Algo concreto, aunque fuera mentira.

–Mira, Jojo, ¿me estás escuchando? Necesito que me escuches porque voy a contarte por qué no tienes que preocuparte más.

La tía dejó de llorar al oír que la llamaba por el

apodo que Sidonie había inventado de niña, cuando no era capaz de pronunciar su nombre completo.

—Jojo, todo va a salir bien... Te lo prometo.

Sidonie estaba de espaldas a la puerta de la terraza y no se percató de que Alexio se había acercado.

—¿Y cómo, Sidonie?

Sidonie notó que empezaba a ponerse histérica otra vez y odió estar tan lejos de ella.

—No voy a permitir que pases por esto sola, Jojo. ¿Me has oído? Te prometí que haría todo lo que estuviera en mi poder para ayudarte a salir de este lío.

Su tía suspiró, y Sidonie continuó, aprovechándose de su estado.

—No tienes por qué preocuparte de nada porque he... —Sidonie tartamudeó una pizca, cruzó los dedos y cerró los ojos—. He conocido a alguien, Jojo... Y es un hombre rico. Muy rico. Uno de los hombres más ricos del mundo. Y no lo creerás, pero nos conocimos en un avión, y resultó que él era el propietario de la aerolínea.

—¿De veras, Sidonie? ¿Es tu novio?

Sidonie abrió los ojos.

—Sí, lo es. Está loco por mí. Y yo le he contado lo que te pasa y me ha prometido que se ocupará de todo.

Sidonie odiaba utilizar a Alexio de ese modo, pero sabía que el truco funcionaría con su tía. Una mujer sencilla y anticuada.

—Oh, Sidonie... Me alegro tanto... Estaba tan preocupada... Y después Marcel me contó todas esas cosas...

Sidonie la interrumpió antes de que volviera a ponerse nerviosa y, en ese momento, Alexio desapareció.

—Jojo, no se lo cuentes a nadie. Y, si Marcel dice

algo más, acuérdate de que no tienes por qué preocuparte.

Sidonie se sentía muy mal por haber mentido, pero sabía que su tía se tranquilizaría cuando ella regresara a París. Entonces, le contaría que había sucedido algo con su novio. La idea era ridícula. Alexio nunca sería su novio.

–Oh, Sidonie... ¿Es atractivo?

Sidonie se sentía avergonzada, pero también aliviada al ver que su tía recuperaba su personalidad. Le encantaban las historias en las que la gente se enamoraba. Cuando colgó el teléfono, estaba agotada, pero se alegraba al saber que su tía estaría bien hasta el final de sus vacaciones. Había hablado con uno de los organizadores del viaje para decirle que su tía estaba en un mal momento, y el hombre le había dicho que estaría pendiente de ella.

Sidonie se volvió y se sorprendió al ver que Alexio estaba apoyado en la barandilla de la terraza, de espaldas a ella. Temía que hubiera oído parte de la conversación.

Salió a la terraza descalza y se acercó a Alexio. Él no la miró. Sidonie hizo un esfuerzo por parecer animada.

–¡Hola! Me preguntaba dónde te habías metido.

Alexio estaba intentando contener la rabia que lo había invadido al oír aquellas palabras envenenadas. «Está loco por mí... Se ocupará de todo...».

Aquello era la prueba de que su abogado tenía razón, y se cuestionaba por qué Sidonie no le había contado nada de todo aquello.

–¿Con quién hablabas por teléfono? –preguntó él tratando de emplear un tono neutral. No era capaz de mirarla.

–Con mi tía. Está de vacaciones...

Alexio sintió un nudo en el estómago. Ya sabía cuál era su plan. Sidonie iba a tomarse el tiempo necesario para esperar a que él tuviera un momento de debilidad y contarle aquella historia. Intentaría sacarle dinero, y algo más. Quizá, para entonces, ¿él sería tan vulnerable que le ofrecería comprarle una casa para que viviera con su tía?

La idea provocó que la cabeza le diera vueltas.

Pensó en lo vulnerable que se había sentido después de hacer el amor con ella, y en que había estado a punto de contarle todos sus secretos. En convertirse en un auténtico idiota.

Por fortuna había sido lo bastante sensato como para pedir que la investigaran.

Sidonie le tocó el brazo.

–¿Qué pasa, Alexio? Me estás asustando.

Alexio retiró el brazo como si Sidonie quemara y dio un paso atrás para mirarla. Vio que ella empalidecía y se alegró. No podía ocultar su disgusto y odiaba la manera en que su cuerpo reaccionó al verla con aquellos pantalones cortos y el top.

–¿De veras crees que soy estúpido?

Sidonie lo miró y pestañeó.

–¿Qué parte has oído?

–Suficiente para saber que tu tía y tú creéis que podéis utilizarme para saldar vuestras deudas.

Sidonie se quedó paralizada.

–Hablas francés.

–Por supuesto que hablo francés, y otros dos o tres idiomas europeos más.

Sidonie estiró la mano para tocarlo, pero él se retiró hacia atrás.

–No lo comprendes. No hablaba en serio. Solo intentaba decir algo para tratar de tranquilizarla. Estaba muy afectada.

Alexio estuvo a punto de soltar una carcajada. Sentía que lo habían traicionado y eso hacía que la rabia que lo invadía fuera más intensa. Nunca se había implicado tanto con una mujer como para que pudiera hacerle algo así.

—¿Esperas que me crea una sola palabra de la hija de una delincuente? Es evidente que aprendiste bien de ella, pero no lo suficiente. Si hubieses tenido la decencia de contarme todo eso, de pedirme ayuda sin más, quizá te habría ayudado. Sin embargo, decidiste continuar con esta farsa.

Capítulo 7

URANTE un instante Sidonie pensó que se iba a desmayar. No podía creer que Alexio hubiera empleado esas palabras... «La hija de una delincuente».

–¿Qué quieres decir con «la hija de una delincuente»? –le había preguntado ella.

–Sé todo lo de tu madre, Sidonie. Sé que ella chantajeaba a su amante y por eso fue a la cárcel.

Sidonie se quedó sin habla a causa de la vergüenza, igual que había sucedido cuando ella tenía ocho años y sus compañeros de clase la rodearon para gritarle: «Tu madre va a ir a la cárcel... Tu madre va a ir a la cárcel...».

Sidonie no podía creer que aquello estuviera sucediendo. Tenía que ser una pesadilla. Alexio la despertaría en cualquier momento diciéndole: «Sid... despierta. Te deseo».

Pestañeó, pero no cambió nada. Alexio seguía allí. Como un desconocido. Frío y distante. Sidonie se sentía confusa.

De algún modo, ella consiguió decir:

–¿Cómo diablos te has enterado de eso? ¿Y cómo sabes lo de las deudas de mi tía?

–Te he investigado –dijo él, cruzándose de brazos.

Sidonie tuvo que agarrarse a la barandilla para no caerse.

–¿Me has investigado? –susurró con incredulidad.

Alexio se encogió de hombros.

–He de tener cuidado... Una completa desconocida aparece en mi vida y yo empiezo a sospechar.

–¡Cielos! –exclamó Sidonie–. ¿Quién eres?

Estaba enfadada. Y mareada. Se soltó de la barandilla y estaba temblando.

–¿Y cómo te atreves a entrometerte en mi vida privada? Lo que mi madre hizo no tiene nada que ver contigo.

Sidonie había vivido toda la vida con ese sentimiento de vergüenza, pero finalmente había aceptado lo que su madre había hecho y no solo porque, en parte, comprendía por qué había actuado de esa manera. Algo que nunca podría explicarle a aquel desconocido. Ni siquiera había tenido que bajar la guardia para contarle sus secretos. Él había ido a buscarlos.

Sidonie sintió que algo se rompía en su interior y supo que tenía que mantener la compostura.

Alexio habló en tono cortante.

–No fue solo eso, ¿verdad? Ella endeudó a tu tía para financiarse sus gustos caros.

Sidonie se sentía cada vez más avergonzada, sin embargo, consiguió ponerse la coraza y dijo:

–Eso no es asunto tuyo –porque ella no pensaba contárselo. Formaba parte del mundo real y no de aquella fantasía.

–No obstante, lo habría sido, ¿no? Estabas esperando el momento adecuado para hacer tu jugada cuando ya tuviéramos suficiente confianza. Me pregunto si solo ibas a pedirme dinero para cubrir las deudas o algo más... ¿En función de cuántas noches pasáramos juntos? ¿O en función de cómo me vieras de enganchado?

–*Theos* –exclamó ella.

Él la fulminó con la mirada.

–Lo hiciste muy bien. He de reconocerlo. Sin embargo, había un par de cosas... Te mostraste indiferente cuando te enseñé la ropa, como si no esperaras menos. Y el rato que pasaste frente al escaparate de la joyería... ¿Esperabas encontrarte un brazalete de diamantes, junto a la almohada, al despertar?

Sidonie tuvo que esforzarse para no permitir que la inseguridad se apoderara de ella. ¿Podría ser cierto que considerara más atractivo el dinero de Alexio que a él? Respiró hondo para no vomitar allí mismo, en la terraza.

El nivel de cinismo que había demostrado Alexio era asombroso. Y hasta dónde había llegado porque no confiaba en ella... Porque sospechaba algo.

–Estás completamente equivocado. Le he dicho todo eso a mi tía para tranquilizarla. Estaba histérica. No hablaba en serio. Se supone que tú no debías haberlo escuchado, y no tenía ninguna intención de pedirte dinero.

Por supuesto, Alexio no la creyó.

–No quiero hablar más de esto. Hemos terminado. Dentro de una hora regresaré a Atenas. Si vienes conmigo, me aseguraré de que tomes un vuelo para regresar a casa.

Sidonie odiaba a aquel hombre. Y no podía creer lo ingenua que había sido por no pensar que un hombre con tanto poder sería suspicaz y cínico por naturaleza.

–Preferiría ir a nado.

Alexio se encogió de hombros, como si no le importara.

–Como quieras. Hay un barco que sale hacia Pireas esta noche. El marido del ama de llaves te llevará al puerto.

Él se volvió para marcharse, pero se giró de nuevo y le preguntó:

—Dime... ¿Fue en el avión, al enterarte de quién era yo, cuando decidiste intentar camelarme y hacerme creer que eras diferente al resto de mujeres que conocía?

Sidonie lo miró. No era capaz de defenderse. Y menos cuando aquel hombre había sospechado de ella antes de tener motivo para ello. Ella había confiado en él desde un principio, sin sospechar lo retorcido que era.

No quería volverlo a ver porque él acababa de demostrarle que nunca se liberaría de su pasado. Le había destrozado el corazón y nunca se lo perdonaría.

—Sí. En el avión. En cuanto supe quién eras.

Alexio la miró fijamente durante un instante y se marchó, dejándola allí de pie. En cuanto lo perdió de vista, Sidonie se dirigió al baño del dormitorio donde habían hecho el amor numerosas veces y vomitó.

Más tarde, después de que el helicóptero de Alexio se hubiera marchado y ella hubiera recogido sus cosas, Sidonie esperaba sentada en una tumbona. Como atontada. Disgustada consigo misma por haberse permitido aquella fantasía. Deseaba pasar una noche con él y, sin embargo, había aceptado quedarse muchas más... ¿Esperaba que Alexio la quisiera para siempre? ¿Había bajado la guardia porque se había dejado cegar por la opulencia? Sintió náuseas otra vez.

Sidonie recuperó el sentido de la responsabilidad y supo que no debería haberse permitido aquella aventura. Tenía que cuidar de su tía y solucionar el tema de las deudas.

Oyó que se acercaba un coche y se levantó. Al cabo de un momento, apareció un hombre y le entregó un sobre antes de agarrar su maleta.

Sidonie abrió el sobre y vio un cheque a su nombre.

Al ver la cantidad, se le cortó la respiración. Era suficiente como para pagar la mitad de las deudas de su tía.

Sidonie sintió que la rabia la invadía por dentro. Regresó a la casa y se dirigió al despacho de Alexio.

Sacó el cheque y lo rompió en mil pedazos. Después, los guardó en el sobre y escribió en la parte exterior: *No era una cuestión de dinero.* Y se marchó.

Cuatro meses más tarde...

Alexio contempló la isla desde el aire. El helicóptero sobrevoló la casa, y él sintió un nudo en el estómago. Alexio recordó las palabras de su abogado y puso una mueca. «Vas a terminar quemado. Nunca te había visto así».

Alexio tampoco recordaba haber estado así antes. Ni siquiera durante el tiempo en que trabajaba día y noche para sacar adelante su negocio. Sin embargo, durante los cuatro últimos meses apenas había parado un instante.

Su fortuna se había duplicado. Había extendido el negocio a Estados Unidos, consiguiendo que su empresa fuera la primera aerolínea europea de bajo coste que operara allí. Y para ello había tardado la mitad del tiempo previsto.

A medida que el helicóptero descendía, Alexio intentó evitar el recuerdo de Sidonie. Ese era el motivo por el que no había ido a la isla antes. Durante el día se dedicaba a trabajar para no pensar en ella, pero por las noches su recuerdo lo invadía y no lo dejaba dormir. Su cuerpo se excitaba a menudo, y él tenía que calmar su excitación como un adolescente.

No le habría importado aliviar su frustración con

otra mujer, pero en esos días era incapaz de mirarlas sin desagrado.

Pensaba que era a causa del cansancio. Finalmente, había aceptado tomarse unos días libres, después de que su hermano y él discutieran por primera vez desde hacía años. Alexio estaba negociando con Rafaele para crear una empresa conjunta para invertir en investigación tecnológica en el sector de la automoción y la aeronáutica. Estaban en el *palazzo* que Rafaele tenía a las afueras de Milán, donde él estaba pasando el verano con su familia.

Un día, Alexio estaba dispuesto a seguir trabajando, y su hermano lo había mirado con incredulidad.

—¿Estás loco? Llevamos todo el día trabajando... Sam está preparando la cena y Milo ha regresado del campamento de verano. No lo he visto desde por la mañana. Ahora tengo familia, Alexio, las cosas son diferentes.

Alexio sintió que la rabia lo invadía por dentro al oír los motivos por los que su hermano quería dejar de trabajar. Desde que había llegado al *palazzo,* la idílica relación familiar de su hermano le había parecido insoportable.

—Has cambiado, Rafaele, desde que permitiste que esa mujer te cautivara.

Su hermano se había enfrentado a él.

—No vuelvas a referirte a Sam como «esa mujer». Si tienes problemas, Alexio, soluciónalos.

En ese momento, Sam entró en el despacho con una amplia sonrisa. Al notar la tensión que había en el ambiente, miró a su marido con preocupación.

Alexio pasó junto a su hermano y se dirigió a ella:

—Lo siento, Sam. Tengo que irme. Ha surgido un imprevisto... —se marchó del *palazzo*. Necesitaba huir de aquella escena de armonía familiar.

Desde entonces, había evitado las repetidas llamadas de su hermano.

Una vez en la isla, Alexio decidió que tendría que mantener la compostura aunque le fuera la vida en ello. Y quizá esa noche podría ir al club y su libido no lo decepcionaría en presencia de otras mujeres. Quizá así podría borrar la imagen de Sidonie de su cabeza y recuperar el equilibrio.

Sidonie gimió de satisfacción al meterse en la bañera de agua caliente. *Tante* Josephine había puesto suficiente espuma como para ocultar el cuerpo entero de Sidonie, pero ella no necesitaba ocultar lo que era evidente: su pequeño vientre abultado sobresalía del agua.

El jefe del café en el que trabajaba le había dicho:

–He tenido cinco hijos. Estás embarazada, ¿verdad?

Sidonie se había quedado sin habla y, como tampoco podía negarlo, asintió.

–Está bien, puedes quedarte un par de meses, pero en cuanto empiece a crecerte el vientre te vas... Este trabajo no es para mujeres embarazadas –añadió su jefe antes de marcharse.

Ella se mordió el labio inferior. Hasta el momento, *tante* Josephine y ella estaban saliendo del paso. Al regresar a París, Sidonie se había mudado a vivir con su tía. También había ido a visitar a un asesor financiero para que las ayudara a organizar sus deudas en cuotas mensuales. Lo único que tenía que hacer Sidonie era ganar lo suficiente para pagar las cuotas. Cada mes. Durante mucho tiempo.

Solo era una cuestión de organizarse. *Tante* Josep-

hine tenía trabajo y Sidonie también, dos, e incluso a
veces tres, pero con el bebé en camino...

Sidonie colocó la mano sobre su vientre. Desde el
momento en que vio que el primer test de embarazo
daba positivo, y que los cuatro siguientes también, había establecido un fuerte vínculo con el grupo de cé-
lulas que crecía en su interior. Ella no tenía planificado tener un bebé. Era algo que dejaba para el futuro
puesto que no quería pensar en la responsabilidad tan
grande que suponía ser madre. Sin embargo, se sentía
contenta. No sabía explicar por qué, ya que en realidad tenía motivos para sentir lo contrario.

A veces, el pánico se apoderaba de ella y tenía que
respirar hondo para calmarse. Y, desde luego, el hecho de que *tante* Josephine le preguntara continuamente por su novio, no ayudaba demasiado.

–¿Dónde está tu novio? ¿El hombre del que me ha-
blaste? ¿No quiere ocuparse de ti?

Creía que iba a solucionarlo todo. Sidonie solía tomar el rostro de su tía entre las manos y le decía:

–No lo necesitamos, Jojo, nos tenemos la una a la
otra. Somos un gran equipo, e invencibles. No permitiré que nos pase nada, ¿de acuerdo?

Su tía solía suspirar y distraerse hablando del bebé.
Ya había decidido que, si era niño, lo llamaría Sebas-
tian y que, si era niña, la llamaría Belle, como su per-
sonaje favorito.

Mientras estaba en la bañera, Sidonie no pudo evitar que los ojos se le llenaran de lágrimas. Tal y como
llevaba haciendo desde hacía cuatro meses, contuvo
la emoción. Sintió rabia y se alegró. Era lo único que la
mantenía fuerte. Eso y el bebé.

Nunca contactaría con Alexio, y tenía que dejar de
pensar en él. A un hombre que la había acusado de ser

una cazafortunas y que había encargado la investigación de su vida privada, la noticia de su embarazo le serviría para condenarla, y ella no estaba dispuesta a darle esa satisfacción.

La rabia era tan intensa que aplacó los sentimientos de nostalgia y ternura que había experimentado antes y que no tenían cabida después de lo que él le había hecho.

Alexio regresó a la casa sintiéndose más disgustado que nunca. Después de dormir casi durante ocho horas en una tumbona de la terraza, se marchó al club.

Elettra, animada por el hecho de que estuviera solo, se había abrazado a él como una planta trepadora, y él no había sentido nada más que claustrofobia.

Alexio se había sentado en el mismo reservado de la última vez, donde lo invadieron los recuerdos. El vestido de Sidonie, la manera en que la seda se ceñía a su cuerpo y en cómo había metido la mano por el corte de la tela para acariciarle la espalda. Su mirada inocente y ardiente de deseo.

Sin embargo, ella nunca había sido inocente. En todo momento había estado planeando la manera de asegurarse su futuro y saldar sus deudas.

Él no pudo soportarlo más y tuvo que salir de allí.

Regresó a la casa y, al entrar en el despacho, encontró un sobre blanco sobre el escritorio.

Recogió el sobre y vio que en él había escrito: *No era cuestión de dinero.* Alexio sintió un nudo en el estómago y se fijó en que contenía los pedazos rotos del cheque que él le había entregado a Sidonie.

Ni siquiera había comprobado si lo había cobrado. Simplemente había asumido que lo había hecho. El último contacto que había tenido con ella había sido a través de un mensaje que le había entregado uno de sus asistentes griegos, al que él le había encargado que fuera a recogerla al puerto para entregarle un billete de avión para ir a Dublín.

Ella no había aceptado el billete y había dicho:

—Dígale a Alexio Christakos que puede irse al infierno.

El asistente le había entregado el mensaje con agitación, después de que Alexio le ordenara que repitiera las palabras de Sidonie exactamente.

¿Y por qué tampoco había aceptado el cheque?

Quizá lo había hecho con la intención de que él fuera a buscarla para averiguar el motivo y, de paso, tratar de conseguir más dinero.

La idea de volverla a ver hizo que Alexio se pusiera nervioso. «Maldita sea», pensó él.

De pronto, sintió algo debajo de su cuerpo, se movió en la silla y encontró la sudadera de Sidonie. Debió de dejársela aquel día. Al instante, recordó que en el avión ella había admitido que había planeado seducirlo. Días después, a él le parecía que algo de todo aquello no estaba bien.

Ella había proclamado su inocencia. Pero él había estado tan enfadado que había sido incapaz de sentir algo más aparte de la amargura de la traición y la rabia por sentir tanta debilidad por ella.

Sin pensar en lo que estaba haciendo, Alexio acercó la sudadera a su nariz e inhaló con fuerza. Su aroma seguía allí.

Invadido por la mezcla del pánico y la desesperación, Alexio se puso en pie y se dirigió al dormitorio. Abrió la puerta del vestidor y vio que toda la ropa estaba allí. La ropa que él había pedido que le llevaran a Sidonie antes de que ellos llegaran a la isla. No se había llevado nada. Ni siquiera el vestido que se había puesto para ir al club.

«Al menos no tendré que lavar mi ropa interior en el lavabo. Estoy segura de que tu ama de llaves se quedaría horrorizada». Al recordar sus palabras y la alegría en su tono de voz, el desasosiego de Alexio aumentó.

—Tendrás que hacerla otra vez. No te ha quedado bien.

Sidonie se contuvo para no gritar y sonrió a su jefa. No había nada de malo en la manera en que había hecho la cama del hotel de cinco estrellas en el que trabajaba tres días a la semana por el salario mínimo.

—Está bien.

—Y, por favor, date prisa porque el huésped está a punto de llegar.

Sidonie suspiró y deshizo la cama para hacerla otra vez. Le dolía todo el cuerpo y deseaba darse un baño caliente como el que se había dado unos días antes. No había tenido tiempo de darse otro porque había aceptado un trabajo como camarera en un restaurante marroquí, seis noches a la semana.

Cuando terminó su turno, estiró la espalda y se cubrió el vientre con la mano. Sabía que no debía trabajar tanto, pero no tenía elección. «Podrías contactar con él», oyó que le decía una vocecita, pero ella la ignoró.

De ninguna manera. No quería volverlo a ver.

Sin embargo, cuando salió por la puerta de servicio del hotel, lo primero que vio fue su rostro. Él estaba apoyado en su deportivo, con las piernas cruzadas y las manos en los bolsillos de los pantalones. Al verla, se enderezó.

Ella pestañeó, pero él no desapareció. La miraba fijamente, provocando que a ella se le acelerara el corazón y que los pezones se le pusieran turgentes. Durante un instante, pensó que se iba a desmayar. No podía ser él. Todo era producto de su imaginación.

Sidonie se volvió y avanzó calle abajo. De pronto, alguien la agarró del brazo con fuerza, y ella se volvió con brusquedad para liberarse.

Levantó la vista y se mareó de nuevo. Era Alexio. Y estaba muy atractivo. Ella frunció el ceño y se fijó en que estaba más delgado, pero seguía siendo el mismo de antes.

—¿Qué quieres? —preguntó ella, alegrándose de llevar un blusón holgado. Él no se percataría de que estaba embarazada—. ¿Y bien? ¿Qué es lo que quieres? No recuerdo haberme llevado nada de tu casa.

—No —dijo Alexio—, pero te dejaste algo.

Sidonie se quedó en blanco un instante. Después, recordó el cheque y se sintió furiosa.

—¿Has vuelto a la casa y te has dado cuenta de que no cobré tu preciado cheque?

—Sí —admitió él—. Y esto...

Sidonie vio que llevaba en la mano su sudadera y su cabeza se llenó de recuerdos.

—¿Has venido hasta aquí para traerme la sudadera?

Él la miró fijamente, y ella se sintió más vulnerable.

Miró el reloj y le dijo:

—Mira, me encantaría quedarme a charlar, pero tengo que irme a trabajar. Así que, si no te importa...

Se volvió, y él la agarró del brazo de nuevo.

—Suéltame, Christakos. No tenemos nada que decirnos.

«Excepto que llevas a su hijo en el vientre», pensó ella.

Sidonie ignoró ese detalle. Tenía que escapar de él antes de perder la compostura.

Alexio trató de controlar el deseo que lo había invadido nada más ver a Sidonie otra vez. Su libido se había recuperado al instante.

Sidonie había adelgazado y parecía agotada.

–¿No acabas de salir de trabajar?

Ella trató de liberarse, pero él temía que, si la dejaba marchar, no volvería a verla nunca más.

–Tengo dos trabajos. Uno de día y otro de noche. Ahora, si no te importa, no quiero llegar tarde.

–Te llevaré –dijo Alexio. Tenía cargo de conciencia. Ella no había aceptado su dinero y trabajaba en dos sitios a la vez para pagar las deudas. Unas deudas que ni siquiera eran suyas. Era evidente que nunca había buscado su dinero.

Sidonie miró a Alexio y retiró el brazo con fuerza.

–No, gracias. No quiero nada de ti. Por favor, vete por donde has venido y déjame en paz.

Ella se volvió y se colgó el bolso en el hombro. Alexio decidió que no la dejaría marchar hasta que no supiera cómo estaba. El hecho de que él fuera la última persona a la que ella deseaba ver, solo sirvió para que su decisión tomara más fuerza.

Alexio se contuvo para no salir detrás de ella y retenerla de nuevo, mientras la observaba desaparecer por las escaleras del metro. Sacó su teléfono móvil e hizo una breve llamada.

Capítulo 8

ESA noche, cuando Sidonie salió del restaurante marroquí, estaba tan cansada que tenía ganas de llorar. Después de ver a Alexio, había estado nerviosa toda la tarde. Esperaba encontrárselo de nuevo en cualquier momento y no era capaz de olvidar su aspecto. No se parecía al playboy que ella recordaba.

Al llegar a casa de su tía, vio que en la puerta había aparcado un automóvil de lujo que claramente no pertenecía a aquel vecindario humilde de París.

Se le aceleró el corazón. El coche estaba vacío y la luz del apartamento de su tía estaba encendida. A esas horas, *tante* Josephine solía estar acostada. Sidonie imaginó a su querida Jojo siendo interrogada por Alexio y se apresuró a entrar.

Al abrir la puerta vio una escena inesperada. *Tante* Josephine estaba sentada en una silla con una taza de té en la mano, y Alexio estaba sentado frente a ella en el sofá, tomándose un café.

Tante Josephine dejó la taza y se puso en pie. Tenía las mejillas sonrosadas y era evidente que el encanto de Alexio la había cautivado.

–Oh, Sidonie, tu amigo ha venido hace un rato. Le dije que podía esperarte aquí y hemos tenido una conversación muy agradable.

Alexio se puso en pie y posó la mirada sobre su vientre.

–Creo que tengo que darte la enhorabuena –dijo en un francés perfecto.

Sidonie se quedó helada. «No». Su tía era muy indiscreta, especialmente con los desconocidos...

Sidonie la miró horrorizada, pero su tía, percatándose de que había metido la pata, dijo con nerviosismo:

–Uy, es la hora de irme a la cama. Os dejaré a solas para que os pongáis al día –y se marchó.

Sidonie alzó la barbilla y esperó unos instantes.

–¿Estás embarazada?

–Sí –contestó ella–. Estoy embarazada.

Alexio empalideció.

–¿Quién es el padre?

Sidonie lo miró asombrada. Nunca había imaginado que él dudaría de que el bebé fuera suyo. Enfadada, se acercó a él y colocó las manos en sus caderas.

–Bueno... –dijo ella en tono sarcástico–. Estuve con tres hombres después de que me echaras de tu lado, así que el padre puede ser Tom, Dick o Harry. No lo sabremos hasta que nazca y veamos a quién se parece.

Alexio la miró.

Aún más enfadada, Sidonie lo golpeó en el pecho con un dedo y dijo:

–¡Es tuyo, idiota! Seducir a otro millonario no ha sido mi prioridad últimamente.

Alexio la miró y vio que estaba furiosa. Se quedó de piedra. Su abogado no le había mencionado que la tía de Sidonie tenía ligeros problemas mentales. Un detalle importante.

Y enterarse de lo del bebé... Su bebé. Desde que *tante* Josephine le había contado entusiasmada que Sidonie estaba esperando un bebé, Alexio se había sentido como si le hubieran dado una puñalada.

Al principio pensó que no podía ser suyo. Siempre habían utilizado protección. Excepto la noche en que hicieron el amor en el coche cuando regresaron del club. Desde esa noche, habían pasado casi dieciséis semanas. Dieciséis semanas de vivir en una nebulosa. Y de pronto, todo había adquirido sentido.

Disgustado por haber perdido el control aquella noche y consciente de que ella estaba diciendo la verdad, deseó salir de allí cuanto antes. No estaba preparado para traer un niño al mundo. Y menos después de la infancia que había tenido.

Tener un hijo era algo que contemplaba para el futuro lejano. Hacía mucho tiempo que había prometido que ningún hijo suyo vería la fea realidad del matrimonio, porque el suyo sería un matrimonio basado en el respeto y el amor, no uno marcado por el silencio, las discusiones, los celos y la violencia.

–¿Y bien? –preguntó Sidonie–. ¿No vas a decir nada?

Alexio la miró entornando los ojos y se percató de que deseaba decirle muchas cosas, pero casi todas tenían que ver con el hecho de besarla en los labios. Entonces, deslizó la mirada hacia abajo y se fijó en su vientre abultado cubierto por una blusa negra. Algo se partió en su interior.

Ella colocó la mano sobre su vientre, como para proteger al niño, y Alexio enfureció. Pensó en el reciente descubrimiento de su hermanastro mayor y en cómo su madre lo mantuvo en secreto. Después de abandonarlo. Y Sidonie, ¿le habría ocultado a su hijo?

Finalmente, dijo en tono acusador:

—¿Por qué no fuiste a buscarme?

Sidonie soltó una risita y dio un paso atrás. Estar tan cerca de Alexio era perjudicial para su salud mental y para su libido.

—¿De veras crees que iba a ir a darte la noticia después de que me acusaras de ser una cazafortunas? Después de que me juzgaras y condenaras. ¿O de que investigaras mi vida como si fuera una delincuente?

—Entonces, ¿por qué admitiste que tu plan era seducirme?

—Te dije la verdad, pero no estabas interesado en escuchar. ¿Me habrías creído si hubiese insistido en defender mi inocencia?

Sidonie estaba demasiado cansada como para poder ocultar sus emociones. Señaló hacia la puerta y dijo:

—Márchate, por favor. Tengo que despertarme temprano.

Alexio resopló. Su expresión era intimidante, pero Sidonie tuvo que contenerse para no correr a sus brazos y suplicarle que la abrazara. Apretó los dientes y evitó su mirada.

—¿Esperas que me marche sin más?

Sidonie asintió.

—Sí, por favor. No tenemos nada de qué hablar. Me has encontrado, estoy embarazada... Fin de la historia. No tienes nada que hacer aquí. Vete, por favor.

—Si soy el padre de la criatura, tenemos mucho de qué hablar. Y todavía no me has contado por qué no aceptaste el dinero.

Sidonie lo fulminó con la mirada.

–No acepté tu maldito dinero porque no estaba interesada en él. No lo estaba entonces, y no lo estoy ahora. Nunca te perdonaré que hayas investigado mi vida. No tenías derecho a juzgarme por algo que hizo mi madre hace años. Todos pagamos por ello. Ella, mi padre y yo. No quiero saber nada de ti y ojalá nunca te hubiese conocido.

Se acercó a la puerta y la abrió. Sin mirar a Alexio, continuó:

–Tengo que despertarme dentro de cinco horas. Vete o llamaré a la policía para decirles que me estás molestando.

Alexio suspiró y se dirigió a la puerta. Ella no lo miró.

–Esto no ha terminado, Sidonie. Tenemos que hablar.

–Márchate, Alexio –Sidonie odiaba que sus palabras tuvieran cierto tono de súplica, pero finalmente él se marchó.

Sidonie se negó a hablar con Alexio durante tres días. Si él la estaba esperando al salir del trabajo, ella se marchaba en dirección opuesta. Y por la noche, si él se ofrecía a llevarla hasta el apartamento de su tía al salir de su trabajo en el restaurante marroquí, ella lo ignoraba.

Alexio había captado el mensaje. Ella no quería saber nada de él. Prefería trabajar en varios lugares a la vez que pedirle ayuda. Pero Alexio había tenido suficiente y había decidido actuar. Sidonie llevaba a su hijo en el vientre y eso lo cambiaba todo.

Tenía que hablar con ella y, aunque parecía medio muerta por el agotamiento, Alexio la deseaba. Incluso ese día, desde el coche que tenía aparcado frente al restaurante, la miraba de arriba abajo fijándose en su falda y blusa negra. El delantal apenas disimulaba su vientre abultado. Su hijo...

Durante los días anteriores, Alexio había asimilado la noticia del bebé y, para su sorpresa, no se sentía tan atrapado como esperaba. Incluso se sentía un poco entusiasmado.

Pensó en su sobrino Milo y se preguntó si su hijo sería tan simpático como él. O si tendría una hija como Sidonie. Cuando imaginaba esas cosas, la presión que notaba en el pecho era tan fuerte que tenía que respirar hondo para calmarse.

Ella estaba atendiendo una mesa de hombres y sacó el bolígrafo que llevaba metido en el moño. Parecía cansada y agobiada.

Alexio vio que uno de los hombres colocaba la mano sobre su brazo y se le nubló la vista. Sin pensárselo dos veces, salió del coche y entró en el restaurante.

—Por favor, señor, retire la mano de mi brazo —dijo Sidonie.

—No me digas lo que tengo que hacer. Estás sirviéndome.

Sidonie estaba tan cansada que no tuvo valor para retirar el brazo. En ese momento, notó una corriente de aire caliente y se volvió para ver que Alexio se dirigía hacia ellos, mirando fijamente al hombre que la estaba sujetando.

Sidonie notó que se le aceleraba el corazón. Él la había seguido durante tres días, y ella lo había ignorado. Había visto su coche aparcado fuera y, en cierto modo, se había alegrado de que estuviera allí. Esperaba que se muriera de aburrimiento y que se marchara para no volver nunca.

Alexio estaba a su espalda, y ella deseaba apoyarse en él.

—Suéltela –dijo con tono amenazante.

El hombre estaba bebido. Agarró con más fuerza el brazo de Sidonie, y ella gritó de dolor. Alexio la rodeó y arrancó la mano del hombre del brazo de Sidonie. Ella se echó hacia atrás, y Alexio la rodeó por la cintura.

El roce de su mano fue como si la hubieran marcado con fuego. Alexio la giró y le preguntó algo, pero ella no pudo oírlo porque el ruido provocó que se sintiera aturdida.

Sidonie se sentía frágil e indefensa. Y, de pronto, todo se oscureció.

Sidonie se encontraba en un lugar tranquilo donde únicamente se oía un pitido intermitente. Poco a poco, a medida que recuperaba la conciencia, fue recuperando la memoria. Recordaba que Alexio había fruncido el ceño cuando ella lo había mirado.

«Alexio».

El bebé.

Tante Josephine.

Sidonie abrió los ojos y pestañeó al sentir el brillo de la luz. Intentó mover el brazo y notó algo tirante. Tenía un tubo pinchado en el dorso de la mano.

Percibió un movimiento en la habitación y se percató de que era Alexio. Parecía agotado. Llevaba el cuello de la camisa abierto y tenía el mentón cubierto de barba incipiente.

El pitido comenzó a sonar más deprisa.

Inmediatamente, Sidonie se llevó la mano a su vientre.

—¿El bebé?

—El bebé está bien.

—¿Y *Tante* Josephine?

—También está bien. Ha estado aquí toda la noche. La he mandado a casa hace un rato

—¿Toda la noche?

—Te desmayaste en el restaurante. Te traje a Urgencias directamente. Has estado inconsciente casi ocho horas.

—¿Estoy bien?

—El médico ha dicho que sufres una mezcla de agotamiento y estrés y que tu estado en general es bajo.

—Ah.

—Te caíste redonda al suelo...

—Gracias por traerme aquí. Ya puedes irte —dijo ella, con un nudo en la garganta.

Alexio rodeó la cama para ponerse frente a ella y se cruzó de brazos.

—De ninguna manera.

En ese momento se abrió la puerta, y Sidonie vio que entraba el médico y la enfermera.

El médico dijo en francés:

—¡Estás despierta! Nos has dado un buen susto, jovencita...

Mientras la enfermera le hacía unas pruebas y le contaban lo que Alexio le había contado, Sidonie intentaba actuar como si Alexio no estuviera en la habitación.

El médico se sentó en el borde de la cama y dijo:

—En quince días, tendrías que hacerte la ecografía de las veinte semanas, pero después de lo que ha pasado me gustaría hacértela ahora para comprobar que todo está bien –al ver que Sidonie lo miraba con preocupación, añadió–: No tengo motivos para pensar que algo puede ir mal, pero me gustaría asegurarme.

Al cabo de unos minutos, llevaron a Sidonie en camilla hasta otra zona del hospital. Alexio estaba a su lado. Ella sintió pánico. Iban a hacerle una ecografía con Alexio presente. Nunca había imaginado que eso podía suceder.

Nada más entrar en la sala, todo sucedió muy deprisa. Sidonie notó que le ponían un gel frío en el vientre y que el médico comenzaba a hacerle la ecografía. El sonido de un latido rápido inundó la habitación. Era el corazón del bebé. Sidonie miró la pantalla y se emocionó.

El médico sonrió y dijo:

–Todo parece completamente normal. El bebé está estupendo, Sidonie. Es un poco pequeño, pero se está desarrollando bien –la miró y luego miró a Alexio.

–¿Te gustaría saber si es niño o niña? Se ve muy bien.

Sidonie miró a Alexio, horrorizada de ver que el médico pensaba que estaban juntos. Aunque Alexio fuera el padre.

–Tú decides –le dijo Alexio.

Sidonie miró al médico otra vez.

–Creo que sí... Sí, me gustaría saberlo.

–Pues estoy encantado de decirte que es una niña –sonrió el médico.

Sidonie notó que la alegría la invadía por dentro y oyó que alguien carraspeaba a su lado. Ella miró a Alexio y vio que estaba pendiente de la pantalla, con una expresión en el rostro que nunca había visto antes.

Sidonie nunca había imaginado una situación así. Pensaba que iba a tener al bebé y que buscaría la manera de contárselo a Alexio sin que él pudiera pensar que se lo contaba para sacarle dinero.

La idea de que volviera a compararla con su madre no le gustaba. Sin embargo, ya nada era como ella esperaba y tenía la sensación de que Alexio iba a estar más presente que nunca en su vida.

Sobre todo cuando el médico le limpió el gel de la piel y la tapó de nuevo.

—Te dejaré ingresada una noche más para que te recuperes del todo y, después, me aseguraré de que tu pareja te cuide lo mejor que pueda.

«Su pareja». Sidonie sintió un revoloteo en el estómago. Después de que la hubiera seguido durante tres días, sabía que la probabilidad de quitarse a Alexio de en medio cuando ella se sentía débil y vulnerable era muy pequeña.

Miró a Alexio y dijo:

—No tengo mucha opción, ¿verdad?

—No —admitió él.

Y así fue.

Una semana más tarde...

—¿Qué es lo que has hecho? —Sidonie se sentía furiosa y tenía el corazón acelerado.

Alexio la miró desde el otro lado del salón del apartamento con vistas al Jardín del Luxemburgo. Iba vestido con una camisa gris y un pantalón negro, y a Sidonie no le gustaba que le pareciera tan atractivo.

—Debería haber imaginado que *Tante* Josephine no guardaría el secreto. Le pedí que no te dijera nada hasta que no estuvieras más recuperada, pero no quería que se preocupara porque tú no estuvieras trabajando.

Sidonie trató de asimilar sus palabras y el hecho de que Alexio y su tía se llevaran tan bien.

Sidonie llevaba una semana en el apartamento que Alexio había alquilado, y él se había mostrado muy amable con ella. Era el anfitrión perfecto. Había contratado una enfermera para que fuera todos los días a verla. Y llevaba a Sidonie a tomar el aire al Jardín del Luxemburgo. A Alexio parecía no molestarle que ella continuara en silencio y, con el paso de los días, ella sentía que su rabia iba disminuyendo. Sin embargo, estaba furiosa.

El chófer de Alexio acababa de llevar a su tía a su casa, pero ella le había contado el secreto antes de marcharse.

Sidonie había entrado en el despacho de Alexio sin llamar.

–Tenemos que hablar –le había dicho.

Él levantó la vista de sus papeles y arqueó una ceja.

–¿Ahora quieres hablar?

Antes de poder arrepentirse de lo que había hecho, Sidonie se volvió y se dirigió al salón. No le gustaba la intimidad que ofrecía el despacho.

Sidonie se cruzó de brazos y notó que tenía los senos muy sensibles. También habían aumentado de tamaño.

–Contéstame.

Alexio parecía inamovible como una roca. En ese momento, Sidonie recordó las veces que había estado desnuda bajo su cuerpo, separando las piernas para acomodarlo en su interior. Notó que le flaqueaban las piernas, pero se mantuvo en pie.

Afortunadamente, Alexio habló e interrumpió el pensamiento de Sidonie.

—He pagado todas las deudas y me he asegurado de que se termine de pagar la hipoteca de tu tía.

—¿Cómo te atreves?

Sidonie estaba temblando, pero temía que era a causa de la cercanía de Alexio y no de la rabia que sentía.

—Resulta que llevas a mi hijo en el vientre. Ahora somos una familia. *Tante* Josephine, el bebé y tú sois mi responsabilidad.

—No somos tu responsabilidad. No he ido a buscarte. No quiero nada de ti. Me iré en cuanto me encuentre mejor. Buscaré otro trabajo y te devolveré lo que te debo.

—Sido, creo que ya has demostrado que, con tal de salvar tu orgullo, estás dispuesta a arriesgar la salud de tu hijo.

—No me llames así. Me llamo Sidonie. Y lo último que quiero es arriesgar la vida de mi hijo. No sé si te acuerdas, dijiste que era una cazafortunas y, por eso, prefiero trabajar antes de que me acuses de lo mismo otra vez —Sidonie no pudo evitar que le temblara la voz y se volvió para no verlo. Oyó que él se movía y le advirtió—: No te acerques a mí.

Él se detuvo. Ella sintió que los ojos se le llenaban de lágrimas. Lo odiaba. Y se lo repitió una y otra vez para tratar de recuperar la compostura.

—Sidonie, tenemos que hablar de todo esto... Reconozco que ese día me precipité. No te di la oportunidad de que me dieras explicaciones.

Sidonie soltó una carcajada sarcástica y dijo con amargura:

–No, era evidente que ya habías tomado tu decisión y que no podías esperar a que me fuera.

Ella lo oyó suspirar. Fuera estaba oscureciendo.

–El cocinero nos ha dejado comida preparada. Cenemos y hablemos después... ¿De acuerdo?

Ella deseaba inventarse una excusa y decirle que estaba muy cansada, pero en realidad se sentía bien. Se volvió y lo miró. No podía retrasar más aquella conversación.

–Está bien.

Momentos después, Alexio sirvió la cena en el comedor. Ambos cenaron en silencio, pero Sidonie estaba cada vez más nerviosa. No podía evitar recordar la primera noche que pasaron juntos en Londres. Notaba sensibles todas las zonas erógenas de su cuerpo. Tenía los senos turgentes e imaginaba que Alexio jugueteaba sobre su pezón con la boca.

Inquieta, Sidonie dejó caer el cuchillo sobre el plato. Alexio la miró con ojos entornados y vio que se había sonrojado.

Sidonie se puso en pie.

–Ya he comido bastante –le costaba articular palabras.

Él se limpió la boca con una servilleta y preguntó:

–¿Te apetece un café?

–Quizá una infusión. El ama de llaves ha traído esta mañana –dijo ella.

Alexio se levantó y salió de la habitación. Sidonie regresó al salón y se acercó a la ventana. Tenía que mantener el control. Y deseaba que cesara el revoloteo que sentía en el estómago.

Se cubrió el vientre con la mano y frunció el ceño al notar una sensación más intensa. De pronto, se percató de lo que era y suspiró con sorpresa.

–¿Qué ocurre? –oyó que le preguntaba Alexio desde atrás.

–Llevo unos días sintiendo un revoloteo en el estómago y pensaba que era...

Se calló de golpe, porque no quería decirle: «Creía que era el efecto que tienes sobre mí».

Se sonrojó y dijo:

–Es el bebé. Noto cómo se mueve.

Alexio le tendió una taza, y ella la aceptó. De pronto, imaginó la mano de Alexio extendida sobre su vientre y dijo:

–Creo que no es lo bastante fuerte como para que se note desde fuera...

Sidonie bebió un sorbo para ocultar la expresión de su rostro.

Alexio apretó los dientes al ver que Sidonie se escondía de él. Después de haber estado varios días de descanso, tenía mucho mejor aspecto. Incluso le brillaba más el cabello.

Él sentía tanta tensión en su interior que pensaba que podría estallar en cualquier momento. Deseaba a Sidonie y tenía ganas de desnudarla para poseerla, saciar su deseo y ahogar las voces recriminatorias que oía en su cabeza.

No podía hacerlo. Ella estaba embarazada. Y lo odiaba.

–¿Por qué me investigaste? –preguntó ella, mirándolo fijamente.

Alexio dejó la taza de café sobre una mesa y la miró también.

–Porque me puse nervioso al ver lo que estaba sucediendo entre nosotros. Nunca había llevado a una mujer a Santorini. Además, toda mi vida he sido un hombre cínico y cuando estaba contigo dejaba de serlo. Me asusté tanto que pensé que, si investigaba tu pasado, sería capaz de mantener el control de la situación.

Capítulo 9

SIDONIE pestañeó e intentó asimilar sus palabras. Sentía un vacío en el estómago, como si estuviera cayendo desde muy alto.

–¿Nunca habías llevado allí a una mujer?

Él negó con la cabeza.

–Y... ¿La ropa? Pensé que había pertenecido a otras mujeres...

Alexio frunció el ceño y exclamó:

–¡*Theos*! ¿Crees que sería capaz de hacer tal cosa? ¿De comprar ropa como para llenar un armario y confiar en que le sirviera a varias mujeres?

Sidonie lo miró avergonzada.

–¿Y cómo iba yo a saberlo? Pensé que era el vestuario de tus amantes.

–Con razón no dijiste nada –dijo él, y se pasó la mano por la cabeza.

–No quería parecer estúpida, o ingenua. Si habías tenido otras amantes acostumbradas a ese tipo de cosa...

La ropa se la había comprado a ella. Sidonie no podía creerlo y deseaba salir huyendo. Sin embargo, se sentó en un sofá y dejó la taza sobre la mesa. Después, colocó las manos sobre sus piernas para intentar que dejaran de temblar.

Alexio se acercó a la ventana y permaneció de espaldas a Sidonie unos minutos. Cuando se volvió, estaba pálido.

–Mi abogado me llamó para contarme lo que había averiguado de ti... Le dije que aquello no tenía nada que ver contigo, pero entonces me contó que te habías hecho cargo de las deudas de tu tía e hizo que me preguntara por qué no lo habías mencionado... Por qué actuabas como si no llevaras esa gran carga sobre los hombros.

Sidonie contestó con amargura.

–Porque trataba de escapar de ello. No tenía intención de contártelo. ¿Para qué? Sabía que solo estaríamos juntos unos días... En principio, solo iba a ser una noche –le recordó–. Mi tía estaba de vacaciones con el grupo con el que viaja todos los años...

–Mi abogado sembró la sospecha en mi cabeza. Yo me negué a creer lo peor y se lo dije. Estaba enfadado conmigo mismo por haberle pedido que te investigara –suspiró–. Fui a buscarte. Iba a confesarte lo que había hecho y a preguntarte por lo que había pasado cuando escuché parte de tu conversación.

Sidonie sintió que le faltaba el aire. Cuando se recuperó, admitió:

–Comprendo que no te gustara escuchar esa conversación, pero mi tía estaba histérica. Alguien le había contado una historia acerca de que podía ir a la cárcel. Sabía que no se calmaría por mucho que le dijera que yo me haría cargo de las deudas. Ya has visto cómo es. Sabía que solo serviría que le contara que alguien iba a salvarnos.

Sidonie bajó la vista al recordar lo que le había dicho a su tía: «Está loco por mí».

–Me entró el pánico y dije lo primero que se me ocurrió.

La expresión de Alexio era ilegible. Al instante, él se acercó y se sentó en una silla, junto al sofá.

–¿Quieres contarme qué sucedió con tu madre?

Sidonie suspiró. Nunca se lo había contado a nadie. Se puso en pie y se acercó a la ventana, pensando que le resultaría más sencillo hablar sin tenerlo tan cerca.

–Tuvo una infancia muy pobre. Su padre abandonó a mi abuela y ella tuvo que salir adelante con sus dos hijas. Una de ellas con necesidades especiales. Mi abuela tenía depresión y bebía demasiado. Murió cuando mi madre tenía diecisiete años. Ella tuvo que cuidar a mi tía desde entonces. Era joven y brillante, y anhelaba tener más oportunidades de las que le brindaba la zona en la que vivían.

Sidonie se volvió y lo miró.

–Mi madre nunca me contó demasiado, pero mi tía sí, y sé que fue bastante duro. A los veinte años, mi madre ganó una competición de belleza local. Parte del premio era un viaje a Dublín para participar en la siguiente vuelta. Ella se marchó y nunca regresó, dejando a mi tía en manos de los servicios sociales. Por eso mi padre le compró el apartamento en cuanto pudo. Siempre había sentido lástima por ella, por cómo la había tratado mi madre –hizo una pausa y continuó–: Mi padre era el hombre casado con el que mi madre tuvo una aventura, no el hombre con el que terminó casándose. Él era el propietario de la escuela de idiomas donde ella se había matriculado para hacer un curso de inglés. Cuando descubrió que estaba embarazada, él la abandonó. Ella nunca se lo perdonó. Mi padrastro conoció a mi madre por la misma época. Estaba loco por ella y le pidió que se casara con él –respiró hondo–. Mi madre era una mujer egoísta y avariciosa. Cuando la condenaron, nos hizo pasar a todos por un infierno y, sin embargo, mi padrastro siempre me hizo sentir como si fuera su hija de verdad. Ella pasó dos años en la cárcel cuando yo tenía ocho. En la escuela se metían conmigo todos los días y no me quedó más remedio que aguantarme, porque no nos podíamos permitir irnos a otro lugar hasta que no saliera de la cárcel.

A Sidonie comenzó a temblarle la voz.

—He pasado toda mi vida temiendo que alguien descubriera su pasado. Por eso no hablo de ello. No obstante, yo no soy ella, y no tenías derecho a pensar que soy como ella, por mucho que pensaras que tenías pruebas...

Recordó una de las cosas que él le había comentado y dijo:

—Ni aunque te dijera que me gustan las joyas. Soy una mujer, Alexio. A muchas mujeres les gustan las joyas, pero eso no significa que intentemos conseguirlas de cualquier manera.

Alexio se puso en pie, y Sidonie dio un paso atrás. Él la miró fijamente y dijo:

—Siento no haberte dado la oportunidad de contarme todo esto, haberte juzgado mal y haber permitido que pasaras por todo lo que has pasado durante los últimos meses. No tendrías que haberte enfrentado a todo esto tú sola... Sin embargo, no siento que estés embarazada. Yo también quiero a ese bebé.

Se acercó a ella, y Sidonie notó que su presencia la estaba poniendo nerviosa.

—He de contarte por qué saqué esa conclusión —continuó él—. Mi madre era la mujer más cínica que he conocido en mi vida. Ella me enseñó a no confiar en nadie, y mi experiencia en el mundo solo me ha servido para confirmar lo que ella me enseñó. Estoy acostumbrado a que mis amantes sean igual de cínicas que el hombre en que yo me he convertido. Y tú eras diferente a todas las mujeres que he conocido...

Las palabras de Alexio sorprendieron a Sidonie.

–Mis padres no tuvieron un matrimonio feliz. Te conté por qué decidí romper la relación con mi padre, pero había algo más. Un día él le dio una paliza. Yo corrí para detenerlo, tratando de protegerla a ella, pero mi madre me hizo salir de la habitación, entró de nuevo y cerró la puerta –puso una mueca–. No quería que la protegiera, o no lo necesitaba... Ni siquiera entonces... Y por eso decidí que no quería saber nada de mi padre.

Sidonie sintió que se le encogía el corazón.

Alexio la agarró del brazo y le dijo:

–Lo siento, Sidonie. De veras.

Sidonie sintió que la cabeza le daba vueltas. Retiró el brazo y dijo:

–Estoy cansada. Tengo que acostarme.

Alexio la miró.

–Sí.

Sidonie era incapaz de moverse. Deseaba que Alexio la besara, pero sabía que debía salir de allí antes de que hiciera una estupidez.

Se dirigió a su dormitorio, se puso el camisón y se metió en la cama. Al instante, supo que no sería capaz de dormir. Deseaba a Alexio más que nunca.

Sin pensarlo, salió de la cama y se dirigió al salón. Alexio estaba junto a la ventana y, cuando se volvió, ella le dijo:

–Necesito que me hagas el amor.

Alexio pensó que todo era un sueño. Se fijó en Sidonie, iluminada por la luz tenue de una lámpara. Su camisón dejaba ver la forma de su cuerpo y se notaba que no llevaba ropa interior. El deseo se apoderó de él al instante.

Tenía los senos más grandes y el vientre abultado. Él era el padre de la criatura que llevaba en su interior.

Temiendo que ella desapareciera, le ordenó:

–Ven aquí.

Sidonie obedeció, y él la abrazó para besarla de forma apasionada, devorándola, preguntándose cómo había podido sobrevivir sin ella.

Sidonie gimió de placer y lo besó también. Él la tomó en brazos y, sin dejar de besarla, la llevó hasta el dormitorio y la tumbó en la cama. Se quitó la camiseta, los pantalones y la ropa interior, dejando al descubierto su miembro erecto.

–Quiero verte –dijo él.

Sidonie estaba muy excitada y no recordaba haberse sentido tan desesperada. Los pechos le dolían a causa del deseo y tenía húmeda la entrepierna.

Se sentó para quitarse la camiseta y él la ayudó.

–Ya lo hago yo.

Él la devoró con la mirada, y ella se tumbó en la cama otra vez. Alexio se colocó entre sus piernas y la besó en la boca, acariciándola con la lengua y provocando que gimiera de deseo.

Después, comenzó a besarla en el cuello y fue bajando por su cuerpo hasta cubrirle uno de los pezones con la boca. Sidonie nunca había sentido algo tan intenso. Cuando él la besó en el vientre, Sidonie sintió que su deseo se convertía en algo mucho más profundo y peligroso.

Antes de que pudiera reflexionar sobre ello, Alexio se movió más abajo y le separó las piernas. Ella sintió su cálida respiración en la entrepierna y tuvo que contenerse para no gritar cuando él le cubrió el sexo con la boca. Comenzó a juguetear con la lengua sobre el centro de su feminidad, sin piedad, provocando que ella perdiera el control y permitiera que un fuerte orgasmo se apoderara de ella.

Momentos después, le rodeó el cuerpo con las piernas para atraerlo hacia sí.

–No quiero hacerte daño... O al bebé... –dijo él.

–No pasa nada –le aseguró ella.

Alexio sonrió y, al instante, ella notó cómo su miembro erecto se deslizaba en su interior. Él comenzó a moverse despacio, empujando una y otra vez. Sidonie no pudo evitar que los ojos se le llenaran de lágrimas y gimió, suplicándole que no parara jamás.

Cuando estaba a punto de llegar al clímax, Sidonie abrió los ojos y vio que Alexio la miraba fijamente. Él la penetró una última vez, y ella comenzó a convulsionarse de placer.

En algún momento de la noche, Sidonie despertó al sentir que Alexio le besaba la nuca, provocando que se excitara de nuevo. Él se colocó detrás de ella y estiró la mano para acariciarle uno de sus pechos.

–Ponte de rodillas –le susurró al oído.

De pronto, Sidonie estaba completamente despierta y jadeando. Así, sin más... En pocos segundos. Obedeció y se colocó de rodillas, con las piernas separadas. Tenía los codos doblados y apoyaba la parte superior del cuerpo en la cama. Alexio se colocó detrás y le estiró los brazos por encima de la cabeza. Ella agarró la almohada.

Después, le separó las piernas una pizca y la rozó con su miembro. Sidonie nunca había estado tan excitada. Él le acarició la espalda y la sujetó por las caderas, moviéndola hacia atrás contra su cuerpo. Al sentir que estaba preparada, la penetró y comenzó a moverse rítmicamente, provocando que Sidonie dejara de pensar con claridad. Cuando se inclinó sobre ella para retirarle el cabello y besarla en el cuello mientras le acariciaba un pecho, Sidonie no pudo aguantar más y disfrutó del orgasmo por tercera vez.

Alexio despertó al amanecer y se percató de que estaba solo en la cama. Durante un instante, pensó que había soñado todo lo que había sucedido la noche anterior, sin embargo, enseguida supo que no era así. Acostarse con Sidonie había sido mucho mejor que cualquier sueño.

¿Y por qué se había marchado? Alexio retiró la colcha y se levantó de la cama. Se puso unos pantalones vaqueros y salió a buscarla a su habitación. La puerta estaba cerrada. Él abrió despacio y entró. Al verla tumbada de lado, con las piernas dobladas y el camisón puesto, sintió que se le encogía el corazón. Estaba profundamente dormida.

La miró un instante y pensó en lo que había sucedido el día anterior. No podía creer que le hubiera contado todo lo que nunca le había contado a nadie. Ni siquiera a Rafaele. No podía olvidar el rostro golpeado de su madre, ni el hecho de que ella no hubiera permitido que él la ayudara. Siempre tan fría. Tan rígida.

Alexio deseaba liberarse de todo lo que había aprendido de ella. Recordaba todo lo que Sidonie le había contado. La creía. Quería creerla, pero una parte de él intentaba aferrarse al hombre cínico y desconfiado en que se había convertido.

Una cosa era segura: no permitiría que ella no aceptara que él pasara a formar parte de su vida, y de la de su hija.

Sidonie despertó al día siguiente sintiéndose completamente saciada. Momentos después, abrió los ojos y el pánico se apoderó de ella. «Alexio». Ella le había pedido que le hiciera el amor como si fuera una buscona. Luego, recordó la conversación que habían mantenido y cómo algo se había derretido en su interior. No podía continuar fingiendo que lo odiaba. Se había enamorado de él en Santorini, o durante la primera noche en Londres. Quizá desde el primer momento en que lo vio en el avión. Y sí, lo odiaba por la manera en que la había tratado, pero nunca había dejado de estar enamorada de él.

Sidonie salió de la cama para darse una ducha. Tenía muchas ganas de ver a Alexio y se arrepentía de haberse levantado de su cama por sentirse demasiado expuesta.

Desde que había reaparecido en su vida, no había hecho más que apoyarla, y se había tomado la noticia de su embarazo con serenidad. ¿Y qué había hecho ella? Echarle todo en cara, asustada por si Alexio se acercaba demasiado como para descubrir lo que sentía por él.

¿Era probable que después de lo que había sucedido la noche anterior algo hubiera cambiado entre ellos? ¿Quizá podían recuperar parte de lo que habían tenido?

¿Quizá él respetara su deseo de devolverle el dinero de la deuda?

Sidonie encontró a Alexio leyendo el periódico en la mesa del desayuno y sonrió. Él la miró con frialdad.

—Buenos días.

—Buenos días —dijo ella, preguntándose si el hombre elegante que vestía traje negro y chaqueta era el mismo que la había llevado al orgasmo tres veces la noche anterior. Una vez más se sintió vulnerable.

La asistenta que trabajaba en la casa unas horas al día, preparando la comida y limpiando el apartamento, entró a servirle el desayuno a Sidonie. Ella se sentó en silencio. No se sentía capaz de ingerir bocado.

—¿Estás bien? —preguntó Alexio.

Sidonie asintió y evitó su mirada.

—Tenemos que hablar —dijo él.

Sidonie apartó el plato sin probarlo. Lo miró y deseó poder bloquear las imágenes de lo que había sucedido la noche anterior.

—¿De qué?

—De nosotros... No podemos seguir en esta situación. Tú te encuentras mejor. Yo tengo que regresar a trabajar. Tenemos que organizar la logística.

Ella se puso en pie y dijo:

—Creo que no he comprendido bien lo que quieres decir.

Él se levantó también y se agarró al respaldo de la silla.

—Me refiero a cosas como dónde viviremos. Por supuesto, tendré que comprar una casa nueva. El apartamento no es adecuado para un bebé... O quizá quieras quedarte aquí, junto a tu tía...

Sidonie se había quedado boquiabierta al ver que él hablaba con frialdad, sin sentimiento en su tono de voz.

—No es una cuestión de logística. Es un bebé. Nuestra hija —se llevó las manos al vientre—. No espero que nos organicemos, espero poder continuar con mi vida.

Alexio la miró fijamente.

—No depende de ti, Sidonie. Permitirás que os provea de todo lo necesario para ti y el bebé.

—Se llama Belle. No bebé. Y yo pensaba que después de lo de anoche habría cambiado algo... —se calló de golpe. Había hablado demasiado.

Alexio parecía disgustado.

—Nuestra hija no se llamará Belle... ¿Qué clase de nombre es ese?

—Es el nombre favorito de *tante* Josephine.

—¿Y qué es lo que pensabas que había cambiado?

Sidonie negó con la cabeza. Odiaba pensar que había sido una ingenua otra vez.

—Nada. No voy a hacer esto, Alexio... No pienso comprometerme mediante un simple acuerdo solo para beneficiarte.

—Nos deseamos. Lo que pasó anoche lo demuestra.

Sidonie se sentía igual de expuesta que si la hubiera desnudado.

—Fueron las hormonas.

—¿Las hormonas?

Sidonie asintió, desesperada por convencerlo de que estaba equivocado.

—Lo pone en mi libro sobre el embarazo. Puedes leerlo. Es normal que las mujeres embarazadas se sientan más... —se sonrojó—. Más excitadas. Es a causa del aumento de riego sanguíneo.

—¿Riego sanguíneo? ¿Hormonas? Eso era química y nada más. ¿Intentas decirme que anoche te habría saciado cualquier hombre?

—Intento contarte lo que pone en mi libro.

—Me deseabas tanto como yo a ti. Puede que hubiera algunas hormonas implicadas, pero era inevitable.

Sidonie blasfemó en silencio.

—Nada ha cambiado, Alexio. Estamos en el mismo punto que estábamos cuando llegaste a París. La única diferencia es que ahora te debo dinero a ti y no al banco.

—Basta ya —dijo él—. No me debes nada. Quiero intentar que esto funcione, Sidonie.

—Esto no es como un coche, Alexio. No puedo decirte lo que no funciona. Deseo o no deseo. No es suficiente. No permitiré que nos mantengas, como si fuéramos una examante y su hija. Trabajaré para mantener a mi hija, igual que hacen millones de mujeres por todo el mundo.

—Esos millones de mujeres no han sido lo bastante sensatas como para quedarse embarazadas de un millonario.

Sidonie empalideció. «Deja de fingir que no quieres mi apoyo», imaginó las palabras que él no le había dicho.

Alexio levantó la mano inmediatamente.

—Sid... Espera. No lo decía como...

Sidonie lo interrumpió antes de que se le partiera el corazón otra vez.

—Ya te he dicho que no me llames así. Me llamo Sidonie. Y ya has dicho bastante. Todavía no confías en mí, ¿verdad? —se volvió y salió de la habitación.

Alexio la observó marchar y después se pasó las manos por el cabello. Cerró los ojos y blasfemó. Al ver cómo había empalidecido, sintió pánico.

Salió del comedor y vio que Sidonie se estaba poniendo el abrigo.

—¿Dónde vas?

Ella lo miró, pero no había expresión en su mirada. Todavía estaba pálida. Alexio deseaba suplicarle que no se fuera, pero algo se lo impedía. El recuerdo de la cara que había puesto su madre cuando él preguntó: «¿Y por qué no podéis estar enamorados tal y como se supone que deberíais estar?»

Trató de convencerse de que estaba exagerando. Sidonie regresaría por la tarde y continuarían la conversación. Cuando él hubiera recuperado el control. Todavía temblaba de rabia, después de haber oído que ella se habría acostado con cualquier hombre solo porque estaba excitada.

—El chófer está fuera con mi coche, si quieres usarlo.

—De acuerdo —dijo ella, y salió por la puerta.

Alexio se quedó con la sensación de que no podría evitar perder el control.

Alexio pasó la mañana y parte de la tarde hablando por teléfono con sus oficinas de Londres y Atenas, pero no consiguió olvidar lo que había sucedido con Sidonie.

Demetrius, el abogado, lo había llamado para preguntarle:

—¿Cuándo vas a dejar de jugar a las enfermeras y regresar al trabajo?

Alexio había mirado al teléfono enojado. No tenía ganas de volver al trabajo. Únicamente deseaba una cosa y temía haberla perdido para siempre.

Descolgó el teléfono de nuevo y marcó un número. Momentos después, oyó la voz de Sidonie.

—*Siento no poder responder tu llamada. Déjame un mensaje y te llamaré en cuanto pueda.*

Alexio colgó sin dejar un mensaje. Hizo otra llamada y le preguntó a *tante* Josephine si Sidonie ya se había marchado de su casa.

–¿Cuándo se ha marchado? –le preguntó, tratando de parecer calmado.

Ella le contestó, y él colgó el teléfono y se levantó. Al instante, se sentó otra vez. Alexio no sabía qué hacer y, por primera vez en su vida, no era capaz de anticipar el resultado de su comportamiento arrogante.

Recordó a su hermano Rafaele y cómo se había sentido al verlo feliz con su familia. Alexio se percató de que lo que había sentido era un ataque de celos. Celos por haber conseguido todo lo que tenía, cuando la vida le había enseñado que no era posible.

Alexio sintió que algo más potente que su pasado se instalaba en su corazón, acompañado del miedo que lo había paralizado esa misma mañana. Por primera vez, Alexio no se enfrentó a ello. Y entonces, notó que lo invadía la esperanza.

Consciente de que ya no le quedaba elección, Alexio hizo la primera de una serie de llamadas y le pidió al chófer que preparara el coche.

Capítulo 10

SIDONIE se sentó en su asiento y miró por la ventana del avión. Se sentía mal por haber dejado sola a su tía, aunque ella le había asegurado que estaba bien. Sidonie se dirigía a Dublín para intentar inscribirse en el último curso de la universidad.

De pronto, sintió el revoloteo en el vientre y el pánico se apoderó de ella. ¿Cómo podía pensar en regresar a la universidad si su hija nacería antes de Navidad? Las lágrimas afloraron a sus ojos. No lo había pensado bien. Solo quería alejarse de Alexio antes de que él la destrozara.

No podía creer que se hubiera expuesto de lleno a su cinismo, otra vez.

Oyó que una azafata decía:

—Su asiento, caballero.

Sidonie sintió que se le detenía el corazón. Miró a su alrededor y se decepcionó al ver a un hombre rellenito que sudaba abundantemente. Miró a otro lado y se amonestó en silencio. ¿Qué esperaba? ¿Que Alexio apareciera a su lado otra vez cuando ni siquiera estaba viajando en uno de sus aviones?

Sidonie contuvo las lágrimas y se quitó la sudadera para ponérsela de almohada contra la ventana. Confiaba en no pensar en nada, ni en el aterrizaje, ni en el despegue, ni en el recuerdo de aquella cínica expresión que solo se suavizaba en los momentos de pasión.

–Lo siento, señor, me temo que hemos cometido un error con su asiento. Tengo que cambiarlo de sitio.

Sidonie se despertó y se sorprendió al ver que ya estaban en el aire y que no se había enterado del despegue. La azafata estaba ayudando a salir del asiento al hombre que estaba a su lado y se disculpaba amablemente mientras él se quejaba a gritos.

A Sidonie no le importaba que el hombre se fuera. Además, si el asiento quedaba vacío, ella podría...

–¿Este asiento está ocupado?

Sidonie no terminó de colocar la sudadera a modo de almohada sobre el asiento. Sintió un escalofrío y levantó la vista.

Alexio. Con traje oscuro y camisa.

–Confiaba en que se quedara vacío –contestó ella, dudando de si no estaría soñando.

–Lo siento. Al parecer, todas las plazas están ocupadas. Esta es la única que queda.

Sidonie retiró la sudadera y la estrechó contra su cuerpo a modo de protección. Cuando Alexio se quitó la chaqueta y se sentó, ella percibió su aroma y se le aceleró el corazón.

–¿Cómo sabías dónde estaba? –preguntó, y se contestó momentos después–: *Tante* Josephine.

Alexio esbozó una sonrisa, y ella lo miró a los ojos. En ellos descubrió algo que no había visto nunca: nerviosismo, y el corazón se le aceleró aún más.

–Sí.

Sidonie negó con la cabeza y le preguntó:

–¿Qué es lo que quieres, Alexio?

Él se encogió de hombros y contestó:

—A ti... Y a nuestra hija.

—Lo sé. Sientes el deber de la responsabilidad, pero no es suficiente. No seré el tipo de mujer que se queda a tu lado porque seas el padre de mi hija. Además, no confías en mí...

Alexio inclinó el cuerpo hacia Sidonie y le agarró la mano. Ella notó que él estaba temblando ligeramente y se contuvo para no retirarla.

—Confío en ti, Sid... Sidonie...

Sidonie notó que se le encogía el corazón al oír que él rectificaba.

—Es cierto. Nunca debí decir lo que dije antes. Era ridículo y soy un cretino. No lo pensaba. Fue algo automático. Trataba de aferrarme al cinismo que me caracteriza porque estaba demasiado asustado como para olvidar mi pasado... Tenía nueve años cuando mi madre me dijo que no creyera en el amor, que era un cuento de hadas. Durante toda mi vida observé cómo mis padres se destrozaban... Pensaba que era lo normal. Siempre elegía mujeres que fueran distantes emocionalmente, que no pidieran nada. Porque no podía darles nada. Entonces, te conocí y, por primera vez, deseé algo más —la miró e hizo una pausa—. Después, a la primera oportunidad, decidí desconfiar de ti y te di la espalda... Tratando de convencerme de que había sido un idiota por esperar algo más.

—Lo de la llamada de teléfono fue mala suerte...

—Pero no te di oportunidad de defenderte... ¿Y por qué ibas a querer hacerlo después de que te hubiera investigado como si fueras una delincuente?

Sidonie deseó acariciarle el mentón, pero se contuvo. Aquel momento era muy delicado.

—No puedo escapar del hecho de que mi madre fue

una delincuente. En parte por eso te di la razón cuando me preguntaste si había planeado seducirte cuando me enteré de quién eras... Sentía que no serviría de nada...

–Los últimos cuatro meses han sido muy duros –dijo Alexio.

–Has sido la primera persona en la que he confiado desde hace muchos años y me has hecho daño...

–Lo sé. Y no espero que me perdones, pero quería decirte algo.

–¿El qué?

Él le apretó la mano con más fuerza.

–Me he enamorado de ti.

Sidonie se quedó en silencio al oír sus palabras.

–Creo que me enamoré de ti en el avión... Si me das la oportunidad, pasaré el resto de mi vida compensándote...

Sidonie se echó hacia atrás y retiró la mano. Negó con la cabeza, tratando de ahogar el increíble sentimiento de felicidad que la invadía. La caída sería demasiado grande si...

–No hablas en serio...

–Nunca... Jamás le he dicho eso a otra mujer y no tenía intención de hacerlo.

Sidonie sintió ganas de reír y llorar a la vez. No podía creerlo. Imágenes de su padrastro invadieron su cabeza. Un hombre triste y desdichado porque había amado a su esposa toda la vida y ella no lo había amado jamás. Aun así, él había sacrificado mucho para estar a su lado. Alexio le había dicho todo eso, pero él no podía amarla tanto como ella a él.

–No hablas en serio –repitió ella.

Alexio estiró la mano y le levantó la camiseta para ver su vientre. Ella soltó un gritito de asombro, pero, antes de que pudiera detenerlo, Alexio se inclinó hacia delante y acercó la boca a su vientre para decir con voz temblorosa:

–Belle... Estoy haciendo lo mejor para convencer a tu madre de que la quiero, de que confío en ella y de que quiero pasar el resto de mi vida con ella y contigo, pero me da la sensación de que no me cree.

Sidonie sintió una patada, la primera patada aparte del revoloteo que había sentido en otras ocasiones. Asombrada, observó a Alexio mientras se enderezaba sin retirar las manos de su tripa.

Él la miró desconcertado.

–He notado una... –después, la expresión de su rostro cambió por completo y dijo con decisión–: Belle está de mi lado. Somos dos contra uno.

Sidonie no pudo evitar que los ojos se le inundaran de lágrimas y que se le formara un nudo en la garganta. No obstante, se esforzó para hablar y dijo:

–Creía que habías dicho que no podíamos llamarla Belle...

Alexio sonrió.

–Ya me estoy acostumbrando... Y *tante* Josephine nunca me perdonaría si la llamamos de otra manera. La próxima vez elijo yo.

–¿La próxima vez?

Alexio retiró las manos de su vientre y le sujetó el rostro, secándole las lágrimas con los pulgares.

–La próxima vez... Si te quedas a mi lado. Y la próxima, y la próxima...

La besó en los labios, y Sidonie comenzó a creerse que todo aquello podía ser real. Cuando él se retiró, ella lo miró a los ojos y vio que, por primera vez, no había rastro del cinismo en su mirada.

–Alexio...

–¿Sí?

–Yo también te quiero... Aunque me hiciste mucho daño. He estado enamorada de ti desde que te conocí. Y cada vez que te miro, lo confirmo. Traté de convencerme de que te odiaba, pero no pude.

–¿Me quieres?

Sidonie deseó sacar una instantánea de ese momento. Alexio Christakos, un playboy multimillonario con los ojos llenos de lágrimas y dudando de su palabra.

–Por supuesto que te quiero –le acarició el rostro–. Te quiero tanto que me asusta la idea de que te quiera más que tú a mí.

–Me temo que no es posible –dijo él, negando con la cabeza–. Te llevas el fruto de haber estado años y años reprimiendo el amor y algo más...

Sacó una caja de su bolsillo y se la entregó:

–Sid... Sidonie...

–No –dijo ella–. Me gusta que me llames así. Estaba enfadada, nada más... –le acarició el rostro.

Alexio bajó la mirada y abrió la caja. Sidonie se quedó boquiabierta al ver un anillo de diamantes con forma de corazón. Alexio sacó el anillo de la caja y agarró la mano izquierda de Sidonie.

–¿Te casarás conmigo, Sidonie Fitzgerald?

Ella comenzó a llorar. No podía hablar. Estaba demasiado emocionada.

De pronto, Alexio se agachó de nuevo hacia su vientre.

–Belle, acabo de pedirle...

Él gritó cuando Sidonie le tiró del pelo para que se sentara bien.

–¡Sí! –lo miró–. Sí, me casaré contigo, Alexio.

Él la besó en la palma de la mano y le colocó el anillo en el dedo.

–Quedé con un joyero en el aeropuerto y elegí este anillo porque me recordó a la pureza de tu corazón, pero puedo cambiarlo si...

–No... –sollozó–. Me encanta... Y brilla mucho.

Alexio la abrazó.

–Te regalaré cosas brillantes durante el resto de nuestra vida...

Sidonie se puso tensa y se retiró.

–No... No quiero nada de ti, Alexio. Lo digo en serio. Sé que dices que confías en mí, pero no quiero que dudes jamás de que te quiero a ti, y nada más. No me casaré contigo hasta que no firme algún documento que diga que no me he casado contigo por tu dinero.

–Sid, no seas ridícula.

Sidonie se cubrió el vientre con la camiseta y se cruzó de brazos.

–No habrá boda hasta que aceptes.

Sidonie vio que Alexio posaba la mirada sobre su vientre y se lo cubrió con la mano.

–Y nada de manipular a nuestra hija antes de que haya nacido.

Alexio levantó las manos y dijo:

–Está bien... –se inclinó hacia ella y la abrazó.

Sidonie lo rodeó por la cintura y se acurrucó contra él. Permanecieron así durante un largo rato. La calma después de la tormenta.

–¿Sid?

–¿Umm?

–¿Te vas a dormir?

Sidonie asintió y dijo:

–Son las hormonas otra vez. Me da la sensación de que vas a mantenerme despierta hasta muy tarde, así que será mejor que me eche una siesta.

–Lo que sucedió anoche fue algo más que el efecto

de las hormonas, ya lo sabes. Por suerte, tenemos el resto de la vida para que te lo demuestre...

Sidonie sonrió y lo abrazó con más fuerza.

—Está bien –admitió medio dormida–. Puede que no solo fueran las hormonas...

Alexio le sujetó el rostro y la miró.

—¡Sabes muy bien que es otra cosa!

Dos días más tarde, en Dublín

—Quiero asegurarme de que no hay ninguna cláusula engañosa. El documento se ha redactado muy deprisa porque mi prometido ha decidido que nos casaremos dentro de dos semanas en París.

Sidonie ignoró el gesto ofensivo de Alexio, que estaba paseando de un lado a otro de la oficina del abogado de Sidonie.

Ella sonrió amablemente al señor Keane y vio que parecía nervioso. Era evidente que nunca había imaginado que atendería a uno de los millonarios más famosos del mundo en su despacho, y menos en aquella situación.

Sidonie continuó:

—Queda completamente claro que si nos divorciamos...

—Nunca nos divorciaremos –sentenció Alexio.

Sidonie miró al abogado y puso una mueca. Después miró a su prometido.

—Por supuesto, ahora no contemplamos la posibilidad de divorciarnos, pero nunca se sabe lo que puede suceder en la vida y quiero asegurarme de que, si llega ese momento, me iré sin llevarme un céntimo de tu fortuna.

Alexio se acercó y colocó las manos sobre el escritorio para mirar a Sidonie.

–No habrá divorcio mientras yo siga respirando.

Sidonie se estiró y besó a Alexio en la mejilla.

–Bueno, primero tenemos que casarnos. No te pongas nervioso.

Ella se volvió y sonrió de nuevo al abogado.

–Entonces, en caso de divorcio, queda claro que a los niños no les faltaría nada pero que yo no recibiría ningún dinero, ¿no es así?

–Así es, señorita Fitzgerald.

–Y el noventa por ciento del dinero que el señor Christakos insiste en darme como asignación, se destinará a las organizaciones benéficas que he mencionado.

El abogado releyó el documento por encima y dijo:

–Sí, así es.

–¡Estupendo!

Sidonie agarró un bolígrafo y firmó el documento. Después, sonrió a Alexio y le entregó el bolígrafo. Él firmó también, mascullando algo incomprensible en voz baja.

Dos semanas más tarde, Sidonie avanzó por el pasillo de la *mairie* más grande de París, agarrada del brazo de su tía.

Alexio estaba esperándola impaciente. Al verla, notó que se le cortaba la respiración y que las lágrimas se agolpaban en sus ojos. Había estado toda la vida conteniendo sus emociones y ese día se desbordaban. Le encantaba. Incluso se había mostrado indiferente ante la mirada de «bienvenido al club» que le había dedicado su hermano Rafaele.

Sidonie llevaba el cabello medio recogido con una hebilla de diamantes sencilla. No llevaba más joyas aparte del anillo de compromiso. El vestido no tenía tirantes y estaba diseñado para acomodar su vientre abultado. Ella estaba radiante y, cuando lo miró, Alexio sintió que se le detenía un instante el corazón.

Le tendió la mano y ella se la agarró, sonriendo. En ese momento, Alexio sintió que se encajaban todas las piezas de su vida, rodeó a su amada con un brazo y la estrechó contra su cuerpo, deseando poder besarla cuanto antes.

Ya en la calle, después de la boda, Cesar da Silva metió las manos en los bolsillos de sus pantalones. Había sido un error ir allí. No sabía qué era lo que le había pasado, pero esa mañana había visto la invitación de la boda de Alexio sobre el escritorio y algo había hecho que decidiera viajar desde España a París.

Había llegado tarde a la ceremonia y se había quedado en la parte de atrás de la sala. Alexio y su esposa estaban de espaldas a él, pero Cesar había visto a Rafaele, su otro hermanastro, con su hijo en brazos y su esposa al lado.

Él también lo había invitado a su boda unos meses antes, pero Cesar sentía demasiada rabia como para siquiera contemplar la posibilidad de ir. La rabia que había surgido al conocer a sus hermanastros en persona, durante el entierro de su madre, y comprobar que ella los había querido más que a él, que a ellos no los había abandonado.

Cesar sabía que no era culpa de ellos. Durante años se había sentido vacío y le sorprendía que la gente no saliera huyendo cuando lo miraba a los ojos y solo veía oscuridad. Sin embargo, cuanto más vacío se sentía, más atraía a las mujeres. Claro que también era uno de los hombres más ricos del mundo.

Observó que Rafaele dejaba a su hijo en el suelo. Su sobrino. Cesar sintió un nudo en el estómago. Él tenía más o menos la misma edad cuando su madre lo dejó con sus abuelos y su vida se oscureció de golpe. Ver a aquel niño, columpiándose agarrado a las manos de sus padres, era algo demasiado difícil de soportar.

Y, entonces, Alexio salió de la sala con su nueva esposa. Embarazada. Otra vida en desarrollo.

El dolor que Cesar sentía en el pecho se hizo más intenso. Ellos iban sonriendo. Embelesados. Cesar notó que la sensación de vacío se extendía por su cuerpo y temía que infectara a la gente que tenía alrededor, como si fuera un virus. Se fijó en que las mujeres lo miraban. Fascinadas, llenas de deseo. Codiciosas.

Y ser tan atractivo físicamente como sus hermanos no le producía ninguna satisfacción. Reforzaba su cinismo. Su aspecto simplemente endulzaba la avaricia de sus posibles amantes. Desde muy joven había aprendido que las mujeres eran superficiales. Si no tuviera nada, también se sentirían atraídas por él, pero no tendrían que fingir que no les interesaba su fortuna.

Alexio tomó en brazos a su prometida y, al oír que ella gritaba de felicidad y lanzaba el ramo al aire, Cesar notó que algo se partía en su interior. Tenía que marcharse de allí. No debía haber ido.

Se volvió y notó que alguien lo agarraba desde atrás. Era Rafaele, y llevaba a su hijo en brazos. El niño miró a Cesar con curiosidad, y él vio que había heredado los ojos de su abuela. Sus ojos.

—La vida con nuestra madre no fue como tú imaginas —dijo Rafaele, como si pudiera comprender que

Cesar tuviera un deseo terrible de escapar–. Le diré a Alexio que has venido. ¿Quizá volvamos a verte otra vez?

Cesar se quedó ligeramente sorprendido al oír las palabras de Rafaele. Y por cómo él había percibido su necesidad de salir de allí.

Sintiendo una fuerte presión en el pecho, Cesar asintió y contestó:

–Dile que le deseo lo mejor.

Entonces, se volvió y se alejó rápidamente de aquella escena de felicidad. No quería que el comentario de Rafaele acerca de cómo habían sido sus vidas junto a su madre lo destrozara, dejando al descubierto el vacío que sentía.

* * *

Podrás conocer la historia de Cesar da Silva en el tercer libro de la miniserie *Hermanos de sangre* del próximo mes titulado:
EL PODER DEL PASADO

No era el cuento de hadas que parecía

El mundo entero se creía la historia de amor entre Alyse Barras y el príncipe Leo de Maldinia, pero todo era una farsa calculada hasta el mínimo detalle. Resignada a vivir una mentira, Alyse solo esperaba que su vergonzoso secreto jamás saliera a la luz.

A pesar de su fría e implacable fachada, los apasionados besos de Leo le hacían entrever al verdadero hombre que se ocultaba tras ella. Pero justo cuando empezaban a forjar un vínculo verdadero, una noticia amenazó con echar por tierra el cuento de hadas.

El príncipe soñado

Kate Hewitt

Acepte 2 de nuestras mejores novelas de amor GRATIS

¡Y reciba un regalo sorpresa!

Oferta especial de tiempo limitado

Rellene el cupón y envíelo a

Harlequin Reader Service®
3010 Walden Ave.
P.O. Box 1867
Buffalo, N.Y. 14240-1867

¡Sí! Por favor, envíenme 2 novelas de amor de Harlequin (1 Bianca® y 1 Deseo®) gratis, más el regalo sorpresa. Luego remítanme 4 novelas nuevas todos los meses, las cuales recibiré mucho antes de que aparezcan en librerías, y factúrenme al bajo precio de $3,24 cada una, más $0,25 por envío e impuesto de ventas, si corresponde*. Este es el precio total, y es un ahorro de casi el 20% sobre el precio de portada. ¡Una oferta excelente! Entiendo que el hecho de aceptar estos libros y el regalo no me obliga en forma alguna a la compra de libros adicionales. Y también que puedo devolver cualquier envío y cancelar en cualquier momento. Aún si decido no comprar ningún otro libro de Harlequin, los 2 libros gratis y el regalo sorpresa son míos para siempre.

416 LBN DU7N

Nombre y apellido	(Por favor, letra de molde)

Dirección	Apartamento No.

Ciudad	Estado	Zona postal

Esta oferta se limita a un pedido por hogar y no está disponible para los subscriptores actuales de Deseo® y Bianca®.
*Los términos y precios quedan sujetos a cambios sin aviso previo.
Impuestos de ventas aplican en N.Y.

Deseo

LAS CARTAS SOBRE LA MESA

ANDREA LAURENCE

Habían pasado tres años desde que Annie Baracas había abandonado a su marido, Nathan Reed, propietario de un casino en Las Vegas, y él todavía no había firmado los papeles del divorcio. Por eso, cuando Nate al fin le ofreció la libertad, Annie aceptó sus condiciones. Aunque eso implicara actuar como su esposa durante una semana y ayudarle a capturar a un ladrón.

Sin embargo, lo que empezó como una farsa acabó convirtiéndose en mucho más. Y Annie no pudo evitar preguntarse cómo sería quedarse en la cama de Nate… durante toda la vida.

No debía volver a enamorarse de su marido

¡YA EN TU PUNTO DE VENTA!

La línea que separaba lo personal de lo profesional era muy delgada

Frente a la puerta del ático del famoso playboy Demyan Zukov, la secretaria Alina Ritchie temblaba debido a los nervios. No debería haber aceptado el empleo. Se sentía perdida, y eso que aún no había conocido a su nuevo jefe.

La mala reputación de Demyan era cierta. Sus miradas apasionadas la hacían sentirse casi desnuda. Descubrió que su forma de mirarla despertaba en ella una rebeldía que la impulsaba a desafiarlo continuamente.

Pero si cada vez que se rozaban saltaban chispas, ¿cuánto tiempo podría Alina continuar negándose a lo que su cuerpo le reclamaba a gritos?

Una mujer valiente

Carol Marinelli